Para sempre

Ana Maria Machado

Para sempre

Amor e tempo

EDITORA RECORD
RIO DE JANEIRO • SÃO PAULO
2001

Cip-Brasil. Catalogação-na-fonte
Sindicato Nacional dos Editores de Livros, RJ.

M129p Machado, Ana Maria, 1942-
Para sempre: amor e tempo / Ana Maria Machado. – Rio de Janeiro : Record, 2001
. — (Amores extremos)

ISBN 85-01-06089-5

1. Ficção brasileira. I. Título. II. Série.

CDD 869.93
01-0467 CDU 869.0(81)-3

Projeto editorial: Veio Libri

Projeto gráfico: Regina Ferraz

Impresso no Brasil

ISBN 85-01-06089-5

PEDIDOS PELO REEMBOLSO POSTAL
Caixa Postal 23.052
Rio de Janeiro, RJ – 20922-970

CÓPIA NÃO AUTORIZADA É CRIME
ABDR
ASSOCIAÇÃO BRASILEIRA DE DIREITOS REPROGRÁFICOS
RESPEITE O DIREITO AUTORAL
EDITORA AFILIADA

1

Pode chamar de amor eterno. Tem muita gente que chama.

Com muito mais freqüência em poemas, novelas e romances do que em ensaios. E isto não é um ensaio. A rigor, também não é uma novela. Mas numa época que vem abolindo cada vez mais as distinções entre os gêneros masculino e feminino, também é natural que as fronteiras entre os gêneros literários deixem de existir. Chamemos, portanto, de amor eterno.

Claro que depende do que se entende por eterno. E por amor.

Mas de qualquer modo, com ou sem eternidade, o fato é que esse amor pode não ser considerado tão eterno assim, porque, afinal de contas, começa. Quer dizer, não tem vida eterna — porque antes houve um momento em que não existia. E nem sempre nesse início dá para se saber que é amor — quanto mais se é *para sempre* e outras categorias ligadas a essa idéia.

Ele pode começar de repente.

Quando você chega. Quando um cálice quebra e o licor se derrama nuns joelhos, o amor pode começar. Quando as linhas do telefone se cruzam e um susto res-

plandece de lado a lado. Quando ele encontra em si antenas para ver que alguém está usando saltos altos pela primeira vez. Quando sentimos falta da terceira datilógrafa à esquerda de quem entra, no escritório onde estivemos pela última vez há quatro meses.

Esses e muitos outros exemplos (cuja citação trato de interromper aqui, antes que o delírio poético se aposse do cronista e ele passe a falar em *quando amanhecemos para uma dourada disponibilidade e há galeras de alabastro na bandeja de prata*) fazem parte de "O amor começa", uma bela crônica de José Carlos Oliveira publicada no *Jornal do Brasil* nos anos 60. Aliás, em resposta a outra, belíssima, de Paulo Mendes Campos, que saíra uma semana antes na revista *Manchete*, uma página chamada "O amor acaba". Crônica esta que recentemente foi recuperada em livro com esse mesmo título, numa obra que nos traz de volta o poeta pelo qual tantos leitores sentimos eterno amor... Ambas as crônicas, portanto, são evidências da não-eternidade do amor, respaldadas por quem entende do assunto. Provas de que amor pode começar e acabar.

Não é isso o que qualquer apaixonado discute. O que cada um garante é que, realmente, amor pode acabar. Assim, amor em geral. Principalmente o dos outros. Mas *o seu amor* vai durar. Para sempre. Não acaba nunca, só começa. E como começa? Em todas aquelas circunstâncias inventariadas pelo cronista e muitas mais. Na rua, na escola, na praia, no banco.

Ou numa festa, por exemplo.

Um garoto vê de longe uma menina, que pode até estar dançando ou conversando com outro cara. Às vezes, antes mesmo que os olhares se cruzem, já bateu alguma coisa forte no peito dele. Tipo: "Era isso que eu estava procurando e não sabia." Um poeta espanhol, Pedro Salinas, resumiu essa sensação de maneira definitiva:

Me responde ao que perguntou minha vida no primeiro dia.

Outros poetas, outra nacionalidade. Dois ingleses contemporâneos, John Lennon e Paul McCartney, cujas músicas embalaram festas de muita gente e serviram de fundo sonoro para muitos desses encontros fundadores, em que o amor começa. Descrevem um desses inícios. Com outras palavras, mas evidentemente o mesmo espírito. A mesma história:

"Ela só tinha 17 anos, sabe? Linda, não tinha pra ninguém... Como é que eu podia dançar com outra, vendo ela ali parada?... Ela olhou pra mim e eu logo vi que estava vidrando. Meu coração fez *bum*! quando eu atravessei a sala e peguei a mão dela. A gente dançou a noite inteira, abraçadinho, e então eu fiquei amarradão. Nunca mais vou querer dançar com ninguém, desde que vi a menina ali parada..."

Se quiserem no original, acompanhem-se pelos acordes da memória:

I SAW HER STANDING THERE

She was just seventeen
You know what I mean
And the way she looked was way beyond compare
So how could I dance with another
When I saw her standing there?

Well, she looked at me
And I could see
That before too long I'd fall in love with her
She wouldn't dance with another
And I saw her standing there

Oh my heart went boom
When I crossed that room
And I held her hands in mine!

Oh, we danced through the night
And we held each other tight
And before too long I fell in love with her
I'll never dance with another
Since I saw her standing there

As variantes possíveis são quase infinitas, descrevendo essa sensação de ser atingido por um raio, aquilo que os franceses chamam exatamente de *coup de foudre*, e que se abate sobre o pobre (ou feliz) amador, na hora exata em que começa o amor à primeira vista. Se o poeta fosse inglês, sim, como os Beatles, mas de outros tempos, e além de poesia fizesse teatro, o início dessa sempre eterna história poderia ter assumido a forma de diálogo.

O cenário poderia ser em Verona, na Itália. A época, início do Renascimento.

O jovem Romeu está numa festa. De penetra, claro. Até porque não havia mesmo a menor possibilidade de que houvesse sido convidado, já que os donos da casa eram inimigos ferrenhos de sua família. Observando meio de fora os convidados, uma turma que não era a sua, o rapaz vislumbra de relance uma moça no meio do salão, sorrindo e dançando. Imediatamente, se encanta.

Pronto, basta isso! Trata logo de se informar:

— *Quem é aquela dama que tanto enriquece a mão daquele cavalheiro ali?*

Suspira.

— *Ah, ela pode ensinar as tochas a arder com mais brilho... Parece pender da face da noite, como uma rica jóia na orelha de um etíope. Beleza rica demais para ser usada, preciosa demais para a terra! Da mesma forma que uma pomba ressalta sua neve no meio de um bando de corvos, assim essa dama se destaca de suas companheiras.*

Romeu não consegue tirar os olhos dela. Como o rapaz na canção dos Beatles que atravessa a sala e segura a mão da moça, ele deseja pegá-la, ainda que de leve. Certeza total. Não tem dúvidas sobre o que sente. Imediatamente sabe que se apaixonou e que a visão da garota joga no lixo do amor ilusório toda e qualquer paixonite eventual que por acaso houvesse sentido antes. Agora é pra valer! Não há nenhuma hesitação em suas palavras:

— *Tocando a sua, minha mão será abençoada. Como até agora meu coração pôde achar que amou? Minha visão renega tudo o que veio antes. Porque, de verdade, até esta noite eu nunca tinha visto a beleza.*

A menina, por sua vez, depois que vislumbra o rapaz — aquele que não está dançando —, se sente tomada pelo mesmo encantamento. Também ela quer saber de quem se trata e imediatamente ordena à ama:

— *Vá perguntar o nome dele.*

Radical, logo acrescenta:

— *Se for casado, minha sepultura será meu leito nupcial.*

Como ocorrera com ele, de sua parte a moça não tem qualquer sombra de dúvida. Mas logo fica sabendo que o jovem é Romeu, um Montéquio, filho do maior inimigo de sua família. Também ele acabara de descobrir que ela se chama Julieta, e é filha do dono da casa, uma Capuleto, rival de sua gente. Jamais os dois poderiam se aproximar, separados pela barreira dos nomes de família.

Acontece, porém, que nada disso é problema. Um amor desses não só é eterno como é mais forte que tudo, capaz de enfrentar todo e qualquer obstáculo. Ele ousa ir de noite a seu jardim. Onde ela, de sua parte, ousa desafiar as proibições e proclamar:

— *Um nome? O que há num nome? O que chamamos de rosa com qualquer outro nome teria o mesmo perfume suave. Também Romeu, se não se chamasse Romeu, guardaria sua perfeição querida, que nada deve a esse título...*

Irremediável. Nenhum obstáculo seria intransponível para um amor dessa qualidade.

Vários começos são assim. Fulminantes. Ver e gostar. O famoso amor à primeira vista. E não ocorrem apenas nos livros, mas podem dar o ar de sua graça em plena vida real.

Antônia sempre ouvira contar, nas conversas de sua família, a história de como ocorrera o primeiro encontro entre seus pais.

Interior de Minas Gerais, final dos anos 40. Também numa festa — desta vez, de formatura. Turma de novos agrônomos e veterinários recebendo diploma em Viçosa. Nelson não estava se formando — colando grau, como se dizia na época. Tinha ido só para festejar a graduação do melhor amigo (que anos depois seria o padrinho, no batizado da pequenina Antônia). Na verdade, não tinha nada a ver com aquele mundo. Trabalhava de balconista numa loja de ferragens e material de construção na Rua do Mattoso, Rio de Janeiro. Estava ali quase por acaso. Na linguagem dos folhetins baratos, "por artimanhas do destino, para encontrar aquela que a vida lhe reservara".

Baboseiras à parte, o fato é que Nelson estava olhando o vasto gramado do pátio interno entre os prédios, pela janela do quarto do futuro compadre, no segundo andar. De repente viu uma moça que vinha caminhando e rindo, acompanhada de um casal mais velho.

— Vovô e vovó! — exclamariam deliciadas muitos anos mais tarde as crianças, filhos deles, quando ouvissem o relato tantas vezes repetido.

Mas na hora, a exclamação tinha sido outra. De Nelson para o amigo.

— Olhe ali!

E, em seguida, ainda que sem a mesma poesia, lá veio a eterna pergunta que ecoava Romeu:

— Quem é aquela moça? Você conhece?

— Nunca vi. Deve ser parente de algum colega. Muitas famílias estão vindo para a formatura.

Era mesmo. O irmão dela era um dos novos engenheiros agrônomos, como logo descobririam. Colega de turma do ainda insuspeitado futuro compadre. Ou seja, havia condições favoráveis para que fossem apresentados, e Nelson não perdeu tempo. Já tendo trocado algumas palavras, e sabendo que a moça se chamava Susana, manobrou para sentarem à mesma mesa na hora do almoço.

À tarde, durante a solenidade, não tirou os olhos da moça bonita, que, de vez em quando, lhe enviava um lampejo de olhar azul, com um semi-sorriso que ele não chegava a definir se era de zombaria ou recato. Na saída, no meio das trocas de cumprimentos, o rapaz deu um jeito de conversar um pouco com o irmão e os pais dela, procurando mostrar suas qualidades e tratando de causar uma impressão favorável.

Nelson não foi discreto. A rigor, nem mesmo era essa sua intenção. Para falar a verdade, queria era mesmo chamar a atenção de alguma forma. Deu certo. Assim, enquanto se preparavam para o baile, a mãe de Susana comentou com a filha que "aquele rapaz" era muito simpático e acrescentou:

— Mas como seu pai já disse, essa simpatia toda não engana. Ele está é interessado em você.

Se não estivesse na frente do espelho acabando de prender com a tarraxinha o brinco de pérola, talvez

Susana apenas se sentisse meio constrangida, com um súbito calor no rosto. Mas, por estar contemplando a própria imagem, não teve como evitar a constatação. Estava ficando vermelha. Ou, como se dizia nos romances que tanto lera — corava, enrubescia. Alguns verbos assim, meio cômicos e antigos. Adequados àquelas heroínas românticas suspirosas. Só de pensar nisso, morria de vergonha. O que a fazia corar ainda mais. Tentou zombar:

— Ai, mãe, deixa disso... Um magricela daqueles... E ainda por cima, com aquele bigodinho ridículo...

Sorrindo, a mãe comentou:

— Vamos ver por quanto tempo você continua achando ridículo.

Ninguém mediu o tempo — aliás, algo absolutamente impossível de medir nessas situações. Mas o fato é que de noite, no baile, Nelson e Susana dançaram várias vezes. Quase todas as músicas.

No dia seguinte, na hora de se despedirem na estação do trem, quando cada um embarcaria num horário diferente para uma cidade diversa, já tinham trocado endereços. E, supremo gesto de galanteria!, depois de se afastar do grupo por alguns minutos, Nelson reaparecera com dois raminhos de flores delicadas. Um de violetas, prontamente oferecido à futura sogra.

— Para enfeitar a viagem, D. Elsa...

O outro ramalhete era de miosótis, refletindo o azul do céu em suas flores miudinhas. Mais que isso, numa espécie de código ainda bem vivo e conhecido de todos na época, o pequeno buquê valia por um pedido, tradução viva do nome da flor em inglês: "não se esqueça de mim".

Nem precisava dizer essa frase. Estava implícita.

Como os outros se afastavam um pouco e ele ficou para trás com Susana, quase sozinhos nesse momento, Nelson tratou de acompanhar o presentinho com outra dedicatória, murmurada com toda a intensidade que estava a seu alcance:

— Acho que você estava esquecendo alguma coisa, tome... — disse, estendendo-lhe as flores.

— Esquecendo? Mas isso não é meu...

— Como não é? Um pouco do seu olhar ficou para trás. Desculpe, mas não dá para negar. Passei pela florista e vi este raminho assim, tão azul e tão lindo, que logo reconheci. A não ser que tenha caído um pedacinho do céu...

Argh! Que estilo!

Todas as cartas de amor são ridículas.

Não seriam cartas de amor se não fossem

Ridículas.

Mas precisa haver uma bem-humorada dose de cinismo para que um poeta como Fernando Pessoa veja isso. Um jovem apaixonado não vê. E eternamente repete essas tiradas.

Até mesmo porque a experiência ensina que elas dão certo.

Um ano e meio depois, os dois raminhos de flores estavam tingidos de alvura e multiplicavam-se em angélicas, estefanotes, copos-de-leite, lírios, palmas-de-santa-rita, cravos e rosas brancas. Cestos e cestos de vime, trançados em forma de caixas fechadas, formavam imenso carregamento de flores que avançava por entre as montanhas mineiras dentro de um vagão de trem. Iam enfeitar a igreja e o altar, derramar-se em vasos e arranjos pela casa em festa, celebrando o casamento de Nelson e Susana. Como impunha a tradição: fraque alugado, vestido branco com véu, grinalda e cauda, marcha nupcial, bolo em vários andares, docinhos enfeitados, buquê da noiva lançado às amigas.

Em novela, é cena de último capítulo. Em cinema, anda meio fora de moda, é mais insinuado que mostrado. Mas costumava vir simbolizado por um abraço e um longo beijo, sob as palavras THE END que irrompiam na tela. Ou FIM mesmo, em bom português. Final feliz.

2

Final?

Ou começo? No mínimo, continuação. Na verdade, aí é que o tal amor eterno vai mesmo começar a ser testado, no dia-a-dia. Porque, senão, o amor à primeira vista pode ser confundido com amor à última vista. Se nem resiste ao fim do primeiro encantamento...

O de Nelson e Susana resistiu. Até mesmo aos tantos desencantos. Às dificuldades iniciais de adaptação dela ao Rio, à falta de dinheiro, às temporadas sem emprego, às dívidas que se acumulavam. À interrupção da tão promissora carreira profissional dela, aos problemas com empregada (só os da Zezé dariam uma novela), às sucessivas gestações. Aos ocasionais porres dele, à tensão pré-menstrual dela. Aos atrasos, às impaciências, às irritações. Aos cheiros e ruídos do dia-a-dia, aos roncos, arrotos e peidos. Aos resfriados e alergias, à comida queimada, ao jornal espalhado na sala, à calcinha secando na torneira do chuveiro, à tampa da privada respingada. Até mesmo a eventuais escapadelas conjugais sem importância, que o marido conseguiu manter bem escondidas da mulher

— a ponto de que ela jamais tivesse dúvidas e pudesse pôr a mão no fogo pela fidelidade de Nelson.

Amor eterno. Alimentado a pequenas atenções. Resistente a surpresas, comunicadas em cima da hora. Às vezes, para mais:

— Oi, querida, trouxe dois amigos para jantar...

Às vezes, para menos:

— Ih, meu bem, eu sei que você fez um cozido no capricho para o almoço, mas não vou poder esperar. Faz um prato rápido pra mim, com o que der, que já tenho que sair.

— Mas domingo, Nelson? Pra que essa correria?

— Hoje tem jogo, esqueceu?

O esquecido era ele. Aniversário de casamento. Impossível competir com o Maracanã recém-inaugurado em tarde de Fla-Flu. O jeito era guardar a festa para o jantar, torcendo para o Fluminense ganhar e Nelson não prolongar demais as comemorações com os amigos antes de vir para casa.

Mas também havia as surpresas boas:

— Alô, Susana? Não quer vir me encontrar na saída da loja? A gente podia ir a um cinema.

— Ótimo! Que filme?

— O que você quiser...

E enquanto todas as amigas se queixavam de nunca poder escolher o filme a que assistiam, Susana dava graças a Deus porque Nelson ia com ela ver um musical romântico como aquele, com Gene Kelly dançando às margens do rio Sena. Uma linda história de amor. Como a deles. Um amor que viera para ficar, isso era muito claro. Não por um ano, mas para sempre — e ainda mais. E mesmo sem entender perfeitamente a letra que garantia a sobrevivência do amor para todo o sempre, depois que as Montanhas Rochosas se esfarelassem e o Rochedo de Gibraltar desabasse, ela saía do cinema com vontade de dançar, enquanto Nelson assoviava o tema de Gershwin:

It's very clear
Our love is here to stay
Not for an year
But ever and a day...
With time, the Rockies may crumble,
Gibraltar may tumble,
They're only made of clay
But our love is here to stay...

Passaram momentos apertados. Ele ficou sem trabalho, ela dispensou empregada, pegou uns serviços de costura para ajudar no orçamento, mas com tanta criança pequena em casa não tinha muito tempo disponível. Ele começou em outro emprego, foi promovido a gerente, comemoraram. Celebravam mesmo quando não havia pretextos.

— Mude a roupa, meu bem, que hoje a gente vai jantar fora.

— Algum motivo especial?

— Nada. Só vontade. Saudade de conversar com você, só nós dois, sem essa criançada em volta...

Criançada, aliás, que era conseqüência direta do amor (e da inexistência de métodos contraceptivos eficientes), multiplicando-se pela casa em meio a fraldas e mamadeiras, rodeando a mesa do jantar com pratos ávidos, enchendo as horas de algazarra. Sinais e efeitos do tempo. Quem mandou ser eterno e durar?

Entre as crianças, Antônia talvez fosse a mais sonhadora. A que suspirava quando via o pai sair para passear de mãos dadas com a mãe. Mas, ao mesmo tempo, percebia difusamente dentro de si uma mistura de sentimentos. De um lado, a vontade de chamá-los para que soltassem aqueles dedos entrelaçados, parassem de falar apenas um com o outro e lhe dessem um pouco de atenção. De outra parte, o sonho de um dia encontrar para si um amor igual àquele, tão perfeito como o do modelo que lhe davam os pais. Eterno.

Entretanto, quando chegou sua vez e encontrou Daniel, foi tudo diferente.

Para começar, não foi primeiro amor. Se havia algo de que nenhum dos dois poderia jamais ser acusado nesse terreno, era de ingenuidade ou inexperiência.

Quando Antônia e Daniel se conheceram, já eram ambos bem vividos e em condições de fazer comparações e julgamentos.

Além do mais, havia outra diferença. Nada de paixão à primeira vista. Muito embora ninguém pudesse negar que uma história forte começou à primeira ouvida. De parte a parte.

Daniel era jornalista, bem-sucedido, e num determinado momento da carreira foi enviado para fazer a cobertura de um encontro de chefes de Estado no exterior. Certa vez, no meio da noite — ou início da madrugada —, recebeu um telefonema do editor. Ainda zonzo de sono, na escuridão do quarto de hotel, sem conseguir saber direito onde estava, lutando para abrir os olhos e tomar pé no ambiente que não reconhecia, ouviu as ordens vindas da redação, em outro continente e fuso horário:

— Parece que houve um atentado ao presidente americano, ou uma tentativa de agressão, sei lá. Na porta da embaixada. Pode ser até que seja boato, as versões estão muito truncadas, tudo desencontrado. Mas vamos aproveitar que a gente está com um cara da sua categoria aí. Temos condições de ir muito além dos despachos das agências de notícias. Vamos dar um banho nos coleguinhas. Verifica o que está acontecendo e me liga em seguida. O jornal já está rodando, mas, se for o caso, ainda dá tempo para sair com um segundo clichê na primeira página.

Daniel se levantou, olhou pela janela, viu que ainda estava escuro, mas dois colegas americanos saíam apressados e tomavam um táxi na porta do hotel. Vestiu-se rapidamente e desceu atrás deles. Num instante, estava no quarteirão onde ficava a embaixada dos Estados Unidos — a calçada já coalhada de policiais. Em poucos minutos, conseguiu tomar pé na situação.

O presidente americano devia estar dormindo lá dentro sem desconfiar de nada. Houvera um incidente, sim, mas com um de seus assessores próximos, ao voltar de uma danceteria de madrugada. Abordado por um bêbado ao sair do carro, levou um susto, exagerou, acionou a segurança, provocou uma reação totalmente desmedida e acabou dando origem a um qüiproquó que levou todo mundo à delegacia local. Nada além disso. Assunto já encerrado, com os pedidos de desculpa de praxe.

Só para me interromper o sono, pensou Daniel. É fatal essa descarga de adrenalina no sangue depois de uma dormidinha de umas três horas... Difícil agora voltar para a cama e conseguir adormecer de novo. E ainda por cima, precisava achar logo um telefone público, para fazer uma chamada a cobrar para o Brasil, explicando que não era nada. Tinha sido despertado à toa.

— Então, já que você está acordado mesmo, aproveita e faz um *flash* para a gente passar para o pessoal da rádio. O Menezes está aqui do lado lembrando que qualquer gravação para o primeiro noticiário de amanhã é sempre bem-vinda, poupa trabalho dos redatores que estão de plantão...

— Rádio? Mas eu não sei fazer isso.

— Redige uma coisa curtinha e lê pelo telefone, que o pessoal grava direto quando você chamar. Umas dez linhas, não precisa mais... Só pra dar um molho no noticiário...

— Mas eu nunca fiz isso...

O editor do radiojornalismo veio ao telefone e explicou:

— Não tem mistério, Daniel. Você faz brincando. Escreve uma materinha curta, objetiva, desfazendo o boato de atentado e anunciando o que vai ser discutido no dia. Depois é só ler. Não tem nada de mais. Só para mostrar que a gente está no local. Estamos começando a fazer essas coisas e está sendo o maior sucesso. E fique à vontade, hein? Fale solto, sem demonstrar que está lendo, de um jeito bem natural, com cuidado pra não ficar parecendo locutor esportivo... Ah, outra coisa: não se esqueça de assinar no final. O ouvinte tem que saber quem falou e onde você está.

Que jeito? Não tinha como dizer não. Afinal de contas, estava acordado mesmo, aquilo não custava nada, e o Menezes era gente fina. Daí a pouco, Daniel lia pelo telefone um parágrafo que narrava o mal-entendido, falava na agenda do dia, e terminava fazendo uma referência bem-humorada ao pequeno incidente da madrugada.

— ... mais uma rodada preparatória das novas negociações de desarmamento, na esperança de que qualquer mal-entendido eventual esteja mais ligado a excessos nos festejos do que a ameaças ou agressões. Daniel Vieira, às margens de um Danúbio não tão azul.

Vieira, de Viena, era o que tinha escrito. Mas achou que não ficava bem. Ecoava esquisito. Na hora de ler, Daniel teve o impulso de ir além da fórmula fixa de assinatura, e nem hesitou. Mudou e deu um tom mais informal. Além disso, com toda a certeza, ao anunciar a gravação o locutor iria identificar com exatidão a procedência da notícia. E o jornalista sabia que sua participação era uma espécie de brinde — estava fazendo um favor para a rádio, afinal de contas. Não podiam exigir muito em termos de enquadramento nas normas gerais. Ele era um nome razoavelmente conhecido, com estilo próprio, podia se permitir certas coisas. Além do mais, não dava para esquecer que, ainda que fosse funcionário do jornal, estava trabalhando de graça para fazer aquele texto radiofônico. Se não gostassem, não pusessem no ar. Ou, se fizessem muita questão, era só pedir para ele repetir diferente. Não estava indo ao ar ao vivo, era uma gravação, ainda tinha jeito de consertar.

Na verdade, o Menezes não gostou nada daquela recusa da fórmula fixa. Não gostou, sobretudo, do que diagnosticou com exatidão: o gesto de afirmação individual, de desafio a seu poder, o lembrete de que se tratava de uma deferência, um favor especial, prestado por quem não estava sujeito a suas ordens. Bem que tentou localizar Daniel em nova ligação internacional, para ver se conseguia se livrar daquela intromissão tão pessoal e fora de lugar, que não sabia se devia classificar como lírica ou irônica. Mas seguramente era descabida.

Só que, nesse tempo tão próximo, mas ainda anterior a celulares e *pagers*, não era tão simples assim localizar alguém. Menezes não conseguiu achar o jornalista. Bem nessa hora, Daniel esperava um elevador para o restaurante do hotel, na esperança de que já estivessem começando a servir um café da manhã lá embaixo, porque a fome apertava. E a notícia foi ao ar daquele jeito mesmo.

Recém-acordada, e se espreguiçando, Antônia não chegou a ter um sobressalto com a morna voz masculina que o rádio lhe trazia. Mas achou graça na coincidência de que, justamente depois da discussão com Felipe de porre na véspera, agora estivesse começando o dia ao som da formulação expressa de seus desejos:

— ... na esperança de que qualquer mal-entendido eventual esteja mais ligado a excessos nos festejos do que a ameaças ou agressões....

— Isso, cara! — concordou.

O cara não tinha cara, mas tinha nome: Daniel Vieira. Devia ser um repórter novo. Todo dia ela ouvia aquele noticiário ao acordar e nunca ouvira falar nele. De onde surgira?

— ... às margens de um Danúbio não tão azul.

A moça sorriu. Inesperado. Divertido. Tudo, aliás. A coincidência, o comentário, o novo locutor. Com aquele fiapo de texto que ficou ecoando em sua memória, numa voz cálida e envolvente, tão próxima apesar de estar vindo de tão longe.

Abrindo a janela para um céu deslavadamente azul, Antônia respirou fundo e se meteu no chuveiro, a cantarolar uma valsa de Strauss. Tinha um dia cheio pela frente.

Mais que isso, tinha pela frente uma vida com Daniel Vieira, embora não às margens de um Danúbio não tão azul. Só que não dava ainda para desconfiar de nada disso. Só dava para guardar no inconsciente a lembrança da voz, que, de alguma forma, a acompanhou durante todo o dia. Tanto que se flagrou assoviando o *Danúbio Azul* pelo corredor da escola, a caminho da primeira aula — para os alunos da segunda série do segundo ciclo. Uma turma muito querida, de adolescentes vibrantes e apaixonados, questionadores e generosos. Trazia para eles hoje um encontro especial, com Carlos Drummond de Andrade, seu poeta preferido. E daí a pouco estava distribuindo entre os jovens as cópias da "Balada do amor através das idades".

Pediu a um aluno que iniciasse a leitura, em voz alta. Ele se levantou, meio desengonçado nas pernas compridíssimas, limpou a garganta e começou:

— Eu te gosto, você me gosta
desde tempos imemoriais.
Eu era grego, você troiana,
troiana mas não Helena.
Saí do cavalo de pau
para matar seu irmão.
Matei, brigamos, morremos.

Virei soldado romano,
perseguidor de cristãos.
Na porta da catacumba
encontrei-te novamente.
Mas quando vi você nua
caída na areia do circo

e o leão que vinha vindo,
dei um pulo desesperado
e o leão comeu nós dois.

A um sinal da professora, o jovem leitor se sentou e foi substituído por uma colega. Antônia queria que uma menina também lesse o texto, principalmente pelo fato de o poema estar na primeira pessoa e se apresentar no masculino. Era uma maneira de já deixar bem claro, de saída, que a voz pessoal do autor não devia ser uma limitação para a leitura e que a emoção e o tema levantados pelo poeta independiam completamente de qualquer referência biográfica. Assim, uma moreninha esperta, de olhar brilhante debaixo dos cabelos cheios e ondulados, continuou a leitura em voz firme:

— Depois fui pirata mouro,
flagelo da Tripolitânia.
Toquei fogo na fragata
onde você se escondia
da fúria do meu bergantim.
Mas quando ia te pegar
e te fazer minha escrava,
você fez o sinal-da-cruz
e rasgou o peito a punhal.
Me suicidei também.

Depois (tempos mais amenos)
fui cortesão de Versailles,
espirituoso e devasso.
Você cismou de ser freira...
Pulei muro de convento
mas complicações políticas
nos levaram à guilhotina.

Hoje sou moço moderno
remo, pulo, danço, boxo,
tenho dinheiro no banco.
Você é uma loura notável,
boxa, dança, pula, rema.
Seu pai é que não faz gosto.
Mas depois de mil peripécias,
eu, herói da Paramount,
te abraço, beijo e casamos.

Os alunos deram risinhos, se mexeram nas carteiras e foram começando a falar ao mesmo tempo. Bom sinal. De que tinham vontade de falar — e tinham o que dizer.

Antônia já combinara com o professor de história que ele também se ocuparia do texto, de um ponto de vista que poderiam chamar de mais informativo — comentando as alusões e as diferentes épocas mencionadas, explicando personagens e situações. Por isso, agora bastava que ela situasse algumas referências e logo podiam passar diretamente aos comentários mais literários — tom, recursos empregados etc. — e à discussão do tema levantado. Aliás, era um dos temas recorrentes do curso, tal como Antônia o estruturara para si mesma ao planejá-lo, mas os alunos não tinham conhecimento desse arcabouço prévio. Sua idéia era ir percorrendo a literatura sem ordem cronológica rígida, mas fazendo várias obras dialogarem entre si, em torno de assuntos capazes de interessar aos garotos daquela idade — amor, solidariedade, perguntas sobre o sentido da vida. E a balada de Drummond, além de valer por si mesma, seria um riquíssimo ponto de partida para outras atividades.

Explicou o que era *catacumba, fragata, bergantim...* Respondeu a algumas perguntas e se preparou para concluir essa etapa de esclarecimento vocabular que mentalmente classificava como "limpar o terreno".

— Mais alguma dúvida?

— O que é Paramount?

Por essa, não esperava. Achou que era uma referência tão contemporânea que dispensava explicações. Constatou que não era. Que há imagens e imagens, e que a geração da televisão não era necessariamente a do cinema. Falou em Hollywood, no estúdio citado, aproveitou para mencionar a existência de outros, falou na Metro, na Universal, na Fox, na Columbia...

Mais uma vez pensou que uma das coisas que dificulta a leitura nos dias atuais é a quantidade de notas de pé de página que ela exige. Devia ser muito mais fácil no tempo em que praticamente todos os leitores compartiam um acervo comum de referências, constituído pela Bíblia, a mitologia, os autores clássicos. Hoje em dia, com tanta informação, todo mundo acaba ficando cada vez mais especializado. Mas também, naquele tempo, muito menos gente lia, o número de analfabetos era estarrecedor — no fundo, os autores pressupunham uma cumplicidade com os leitores, porque todos faziam parte da mesma minoria letrada.

Ai, como Antônia tinha vontade de poder discutir isso a sério com alguém... Por isso é que às vezes acabava ligando para Cláudio, na certeza de um entendimento mais completo. Bem que tentava às vezes com Felipe, mas quase sempre acabava esbarrando no fato de que a conversa não levava muito longe, não incitava a virar tudo de pernas para o ar, não espicaçava a enveredar por novos caminhos, porque as opiniões do namorado eram sempre previsíveis. Ele reduzia tudo a *slogans* políticos e palavras de ordem. Falava em visão elitista, classes dominantes, colonialismo cultural, imposição de modelos e outras coisas no gênero. Ela até concordava — até certo limite. Mas bastava querer iluminar uns pontos esquecidos em cantos obscuros e pronto! A temperatura subia. Acabavam discutindo feio por bobagens. Como na véspera.

Os comentários animados dos alunos vieram interromper seus pensamentos.

— Eu acho que não é nada disso. O que o cara está querendo dizer é que nenhum amor dá certo... Nunca, jamais, em tempo algum... — bradava um aluno aos berros, em plena discussão com uma colega.

Antônia, distraída, nem percebera como o debate tinha começado e chegado até ali.

— Me desculpe, Rafael, mas não é bem assim — refutava uma colega. — O que o poema está dizendo é outra coisa bem diferente: é que amor sem briga só existe em cinema...

— Quem garante? Ele não fala em mil peripécias? — atalhava outro. — Nessas peripécias, bem que pode ter uma briga de vez em quando...

— Mas também não acho que ele esteja dizendo que o que aconteceu com os outros amores foi sempre briga. Nem sempre... — comentou outro aluno com ar de superioridade. — Não é isso o que está no poema. Fora a freira e a mulher que se escondeu do pirata (que não estavam mesmo a fim do cara), a gente não sabe direito das outras. De certo modo, todas as dificuldades que apareceram foram externas...

— De certo modo? — repetiu uma menina, com veemência, quase debochando. — De um modo total, você quer dizer... Ou você ia querer alguma coisa mais externa do que a guerra de Tróia ou um leão na arena? Quando as pessoas se apaixonam de verdade e se amam, só mesmo as coisas externas é que podem separar os namorados.

Tudo bem, pensou Antônia. Tivera um momento de distração e deixara a discussão se estabelecer de forma espontânea. Mas ia dando certo, até era melhor do que se ela quisesse controlar tudo.

Estava sempre aprendendo com os alunos. Eles eram capazes de discutir o assunto a aula inteira, ora se afastando do poema, ora voltando diretamente a uma citação literal do texto. E iam levantando no debate tudo o que lhe interessaria retomar numa recapitulação final, para relacionar esse texto com outras leituras que já tinham feito ou para servir de ponte para as aulas seguintes: o amor mais forte do que os obstáculos, vencedor da própria morte, eterno... Toda a lenta construção cultural do amor impregnando as descobertas amorosas de seus jovens alunos e condenando-os à busca ilusória da possibilidade única, da alma gêmea, da metade mítica que faltava em cada laranja metafórica e à obsessão do "felizes para sempre".

Introduziu a provocação:

— De todos esses amores de que fala o poema, vocês acham que houve algum que deu certo?

— Claro, o último! — foi a resposta que se repetiu com variantes.

— Estão todos de acordo?

Um certo silêncio hesitante revelou que a convicção não era assim tão firme como parecera no primeiro momento.

— Pois então eu quero que vocês preparem os seus argumentos para continuarmos a discussão na aula que vem. Antes de lermos dois sonetos sobre amor eterno, de Camões e Vinicius de Moraes, vamos conversar um pouco mais sobre essa noção de eternidade. E eu quero que vocês pensem numa coisa: amor pode não ser exatamente o que Hollywood mostra. Há alternativas.

— Você está querendo dizer... na vida real? — conferiu a aluna que tinha sido tão veemente poucos minutos antes.

— É, na vida real... Nesta vida em que todos nós vivemos e na qual, apesar dos filmes, da publicidade, das canções, e de tudo o mais, nós não somos heróis da Paramount. Neste mundo de hoje em dia, em que a gente insiste no direito de ser feliz e exigir da vida tudo o que ela pode nos dar para essa felicidade. Nesta vida em que (bem ou mal) nós é que escolhemos nossos companheiros, em que a paixão pode levar ao namoro e ao casamento.

— Pois é, são os casamentos por amor...

— Exatamente. Diferente do tempo dos nossos bisavós, onde as famílias é que resolviam tudo. Na vida de hoje, não. Pois é sobre isso que eu quero refletir com vocês na aula que vem.

Consultou o relógio, viu que a campainha já ia tocar e anunciar o final da aula. Começou a juntar os papéis em cima da mesa e concluiu:

— Eu quero que vocês pensem sobre essa vida real. Onde a gente se casa por amor — como nossos pais já fizeram, o que foi um passo adiante em relação a nossos avós. Onde o beijo e o casamento não são o final de um filme, mas o começo de alguma outra coisa. Será que essa coisa pode ser chamada de amor? Pode ser que, nessa balada do Drummond, se insinue a idéia de que os únicos amores eternos tenham sido justamente os outros — o sentimento dos amantes que não viveram o desgaste de seu amor. Talvez tenha sido exatamente por isso e só por isso que o sentimento não se acabou, durou até que a morte os separasse. Na próxima aula, vamos falar também sobre esse aspecto.

De qualquer modo, nessa não havia mesmo mais tempo. Ouvindo a campainha, Antônia despediu-se dos alunos e saiu para o corredor, a caminho de outra turma, de mais jovens, prontos para examinar as sutilezas dos predicados nominais.

Antes do almoço, ainda repetiria outras três vezes o ritual diário de entrar numa sala para encarar rostos irrequietos voltados para suas palavras. De cada vez com um assunto diferente. De tarde, em outro colégio, tinha uma jornada semelhante à sua espera. E no fim do dia, de volta a casa, teria que esticar o tempo, porque, além de preparar as aulas do dia seguinte, tinha se comprometido com uma entrevista para a Televisão Cultural na outra semana e não queria fazer feio.

Precisava começar a pensar nisso desde já, separar material, escolher exemplos, encadear seus argumentos de maneira convincente e clara. Sabia que, para a maioria das pessoas, aquilo não era nada de muito importante. Insignificante, mesmo. Mas, para ela, tratava-se de uma oportunidade preciosa: era a primeira vez que lhe davam um tempo adequado num veículo multiplicador, e queria convencer mais gente de que existe uma afinidade natural entre os jovens e a boa literatura — só falta é a oportunidade para que eles descubram isso. Quem sabe se suas palavras não conseguiriam tocar alguém, e esse programa na televisão não poderia facilitar outros encontros entre leitores e poetas ou romancistas? Como aqueles que seus alunos estavam tendo o privilégio de viver... Capazes de despertar amores duradouros, para toda a vida.

Mas, para isso, Antônia queria estar bem preparada.

Atirou no que viu, matou o que não viu — teria dito a avó Elsa, recorrendo ao seu infindável repertório de ditos populares. O fato é que Antônia dedicou um esforço consciente para se sair bem no programa de tevê, imaginando com isso contribuir para melhorar o ensino de literatura no país. Talvez, ainda que inconscientemente, pretendesse também satisfazer sua vaidade natural e se valorizar profissionalmente, ao se apresentar em público como modelo de uma forma mais interessante e atraente de promover o encontro entre adolescentes e bons livros.

O resultado desse esforço pode até ter influenciado indiretamente algum professor ou funcionário ligado à educação. Mas, semanas depois, quando o programa finalmente foi ao ar, teve mesmo foi um impacto imediato e inegável sobre um dos espectadores. O jornalista Daniel Vieira, como você já deve ter adivinhado. Nessa ocasião, porém, os dois personagens envolvidos na história nem suspeitavam do que vinha por ali.

3

Nas histórias em quadrinhos como as que os alunos de Antônia costumavam ler, faz parte do repertório de recursos a utilização da expressão "Enquanto isso...". Pode vir inserida no canto esquerdo superior do novo quadrinho, ou mostrada como uma espécie de tabuleta retangular na vertical, entre duas molduras distintas com cenários diferentes. Serve para indicar um corte que ao mesmo tempo é a retomada de um tempo anterior, que já foi narrado para aquela linha de acontecimentos e agora volta, mas mudando o foco e lançando luz sobre o que se passa em outro cenário.

Agora, enquanto damos uma oportunidade para que o tempo passe e o encontro entre Daniel e Antônia possa acontecer mais adiante, bem que podemos aproveitar o momento e falar da Zezé, embora se trate de um "enquanto isso" futuro. É que no dia em que, finalmente o casal vai se conhecer, Antônia vai também receber um telefonema de Zezé, preocupada com o filho que está se formando numa escola técnica e quer trabalhar mas não encontra emprego. Então podemos aproveitar esta pausa agora e explicar de quem se trata.

Na verdade, a Zezé já foi mencionada de passagem. Foi uma das empregadas de Nelson e Susana. A babá das crianças — inclusive da Antônia. Viera do interior de Minas trabalhar em casa deles, cuidadosamente contratada e recomendada por D. Elsa. Quando chegou, ficou um tanto assustada com o movimento do Rio de Janeiro — e naquele tempo, meados dos anos 50, era muito menor do que o de hoje.

Por mais que quisesse conhecer a cidade em suas folgas, Zezé tinha medo de sair sozinha. Não conhecia ninguém, fora a família para a qual trabalhava e os eventuais comerciantes do bairro. Era meio desconfiada, não fazia amigos e ia ficando numa tristeza cinzenta de fazer dó. Foi salva por um curto-circuito. E pelo Ewerton.

O curto-circuito foi na tomada do ferro de passar roupa. Como não se tratava de uma simples troca de resistência, e havia uma pilha imensa de roupa lavada à espera de ser deixada em condições de uso, dobradinha nas gavetas perfumadas com sachê ou pendurada nos armários, o conserto era urgente. Normalmente, Nelson providenciava um técnico mais qualificado. Como vendia material de construção, sempre conseguia na loja alguma recomendação de um bom profissional. Mas dessa vez não dava tempo. Com bebê pequeno na casa, as fraldas se acumulavam rapidamente e não convinha esperar. O jeito foi apelar para um eletricista do bairro, indicado pelo gerente da padaria.

Foi só mandar o recado, e, em menos de duas horas, quando Zezé abriu a porta dos fundos, deu de frente com um sujeito muito magro, alourado, de bigodinho ralo e faces encovadas (cara de fuinha chupa-ovo, segundo brincava Nelson), carregando uma velha pasta de lona, gorda de ferramentas. Falante e desenvolto, ele foi logo se apresentando como Ewerton, o eletricista.

Era eficientíssimo. Num instante tinha localizado o problema e poderia ter deixado tudo pronto em dez minutos. Mas se o fizesse não valorizava seu serviço. Poderia dar a impressão de que se tratava de uma bobagem, algo muito fácil, indigno de ser cobrado pelo padrão da tabela que imaginara aplicar. Tratou, portanto, de prolongar a visita e alardear dificuldades inesperadas. Coisa fácil, porque aquela empregada que o atendia não entendia coisa alguma de eletricidade. Mas em compensação, coava um delicioso cafezinho na hora e parecia estar louca por uma conversa.

Com o argumento de que precisava voltar no dia seguinte e trazer um novo espelho para a tomada (que deliberadamente quebrara), Ewerton conseguiu transformar em duas aquela visita profissional. Ambas calçadas em longos papos com a moça, esperta mas bobinha ao mesmo tempo. Despachada mas insegura. O rapaz nunca tinha encontrado alguém assim, e se viu pensando nela enquanto cuidava de outros serviços. Primeiro achou que estava com saudade do café cheiroso. Mas logo entendeu que o perfume dela era mais tentador do que o cafezinho. E também as promessas dos olhos brilhantes, do sorriso maroto, das formas fartas, da pele que só podia ser macia e ele ia ter que conferir.

Quando teve que dar o serviço por encerrado, Ewerton deixou a conta para que Zezé entregasse aos patrões. Cobrou pouco, para ser chamado de outras vezes. De qualquer modo, com a entrega da conta conquistou uma terceira vinda à cozinha, para receber o pagamento. E aí, já claramente interessado naquela morena jeitosa, acabou marcando um encontro com ela no domingo. Prontamente aceito, até com entusiasmo — percebeu ele.

Na segunda-feira seguinte, ao recordar o encontro da véspera, Ewerton percebeu muito mais. Só agora via como sua vida era sem graça antes de Zezé. Era obrigado a reconhecer que, nos últimos três anos, desde que chegara de Santa Catarina, vivia muito sozinho no Rio. Tinha muitos conhecidos, mas poucos amigos. Saía sempre com umas mulheres, mas raramente queria repetir. Fora o carteado com a turma de sempre, não tinha nada que lhe desse realmente prazer e vontade de prolongar.

Aquela moça era diferente. Mal a deixara em casa (antes das dez, que ela tinha hora para voltar e D. Susana fizera muitas recomendações) e já estava com vontade de ver Zezé de novo. E só tinham conversado, nada de agarramento — como ela fez questão de delimitar... Pensou nela a noite toda. Acabou levantando cedo para ir à padaria, ver se a encontrava por acaso, como aconteceu.

De sua parte, Zezé estava nas nuvens. Nunca tinha visto um moço tão bonito assim — louro, alto, elegante, parecia um príncipe encantado de um reino distante, daqueles que ela imaginava desde menina, nas histórias que a avó contava. Na primeira vez que o viu, nem acreditou que aquele homem podia estar conversando com ela de verdade, com tanta consideração. Um sujeito tão preparado, entendendo todas aquelas coisas difíceis, que sabia mexer naquele monte de fios sem levar choque... Choque levou ela, quando foi entregar a ele o açucareiro e os dedos do moço encostaram nos dela. Nossa Senhora, uma quentura por dentro, e um frio subindo e descendo na espinha, tudo ao mesmo tempo... A moça até se atrapalhou, começou a falar uma porção de coisas desencontradas, só para disfarçar. E ele prestava atenção, ouvia com cuidado, perguntava umas coisas que ajudavam a contar tudo o que ela estava lembrando lá de Pedra Verde: o jeitão do pai quando chegava do trabalho, a correria dos irmãos, o sorriso da mãe, a venda da Emerência, o curral de seu Tertuliano, o gado no pasto, a criançada pescando lambari, a conversa das lavadeiras nas pedras do rio...

Quando Zezé percebeu, estava até contando ao eletricista a brincadeira de jogar bosta seca de vaca no riacho, para fazer corrida e ver qual chegava primeiro na corredeira ou qual desmanchava por último. Ele riu, mas falou uma coisa importante, que Zezé gostou: não faz mal nenhum se a gente está torcendo por um cavalo corredor ou por uma bosta seca, a graça está toda na emoção da aposta, é como se a vida inteirinha estivesse ali, sendo jogada naquele momento, pra valer. Isso mesmo, pensou ela. Aquele Ewerton sabia muita coisa. Entendia até como ela se sentia por dentro, na hora de uma brincadeira que parecia bobagem. Dava vontade de ficar o resto da vida com ele.

O resto da vida era uma noção que também andava passeando pela cabeça de Ewerton quando ele pensava em Zezé. Nenhuma outra mulher o deixara assim. Por um lado, tinha certeza de que ela guardava surpresas inesgotáveis naquele corpo moreninho e cheiroso, de que aos poucos ele ia se aproximando com alguma dificuldade e muito gosto. Ela também gostava e levava jeito, ele tinha certeza, só não estava era preparada ainda. Mas se divertia tanto quanto ele, num jogo em que a carne a todo instante passava de oferecida a arredia, de arisca a aconchegada, e já o deixava meio enlouquecido das idéias, pensando nisso sem parar.

Por outro lado, porém, acontecia uma coisa um pouco esquisita: Zezé fazia Ewerton se lembrar da mãe e das irmãs lá no vale do Itajaí. Não que fossem parecidas, impossível haver dois tipos de mulher tão diferentes — no colorido, no jeito de andar, no modo de falar. Mas tinha que reconhecer que todas elas lhe passavam a mesma impressão de força capaz de agüentar tudo, ao mesmo tempo misturada com uma delicadeza frágil de quem devia ser poupada de qualquer dificuldade maior. Uma sensação que ele nem conseguia explicar. Uma coisa diferente, que dava vontade de respeitar, de tomar conta, não deixar nada de ruim acontecer, nunca. Junto com a certeza de que ao lado delas estaria protegido, seguro, bem-cuidado. Para sempre.

Era isso: para sempre! Zezé era a primeira mulher com quem Ewerton sentia essa vontade de ficar para sempre. De formar família, ter uma casinha com quintal, criar filhos, abrir um negócio próprio, cuidar dos netos, e ficar velhinho ao lado dela um dia. Tinha certeza de que podia contar com ela ao seu lado, em tudo. Precisava mesmo casar, tomar rumo na vida. Tinha chegado a hora.

Nelson e Susana ajudaram muito. Primeiro, Nelson conseguiu para ele uma nomeação para a Light. De uma hora para outra, Ewerton se viu empregado de verdade, com carteira assinada, uniforme, equipamento de segurança, todos os direitos garantidos e a certeza de poder contar com um salário no fim do mês. Além disso, Susana colaborou com Zezé na feitura do enxoval, deixando tempo para que ela bordasse, mostrando onde se conseguiam comprar coisas mais baratas, ensinando os segredos das lojas da Rua da Alfândega e das ruas vizinhas. Nelson também auxiliou na moradia, dando conselhos para que Ewerton descobrisse uma casinha muito jeitosa e com aluguel bem em conta, ali perto, em Santa Teresa mesmo, numa travessa da Rua Oriente. Dava para Zezé continuar no emprego e voltar toda noite para dormir em casa, com ele. Felizes para sempre.

Uma felicidade tão grande e tão verdadeira que até merece ser aproveitada por uns tempinhos. Razão pela qual esta narrativa volta a se afastar dessa época, enquanto o jovem casal curte um pouco, e dá um salto no tempo para retomar o foco na história de Daniel e Antônia, nessa ocasião ainda uma menininha começando a falar e sendo cuidada por Zezé. Embora já fosse uma criança bem tagarela, nada poderia fazer imaginar que ia se tornar uma adulta tão verbal a ponto de ganhar a vida com palavras, dando aulas de língua e literatura. Ou que aquela vozinha infantil ia se encorpar na voz que tanto impressionaria Daniel um dia, a ponto de podermos falar em amor à primeira ouvida, de parte a parte.

4

Nesse dia, a tal reunião em Viena terminara e Daniel já tinha voltado ao Brasil. Recebido por uma surpresa profissional. O Menezes tinha resolvido "cortar as asinhas dele", como dizia para si mesmo mas jamais ousaria expressar em voz alta. É que não fazia isso por mal, nem mesmo tinha consciência da seriedade da decisão que estava tomando. Achava que estava apenas pagando uma brincadeira com outra.

O caso é que um dos diretores de uma outra empresa do grupo, a de televisão, lhe pedira indicação de um locutor-jornalista para fazer a apresentação de um novo programa de documentários, a ser criado num horário tardio. Como certa vez o próprio Menezes já tentara trabalhar em algo semelhante e fora recusado — por alegações que tinham a ver com sua dicção pouco clara e seu aspecto considerado pouco adequado às exigências visuais do vídeo —, ficara achando que televisão era um veículo algo espúrio, feito por gente ressentida e sem sensibilidade. Gente que não sabia valorizar um bom repórter, capaz ainda de escrever um bom texto. Uma turma muito superficial, que procurava apenas quem fosse boa-pinta e sem maiores ambições intelectuais. Ou seja, rostos bonitos e vazios.

Antes de dar a resposta ao pedido, Menezes passou em revista mentalmente as imagens de colegas que pudessem se enquadrar na categoria "boa-pinta". Logo lembrou de Daniel Vieira. E imediatamente achou que seria uma boa brincadeira — tanto com quem o contrataria quanto com o jornalista metido a engraçadinho, que, no dia seguinte ao daquele texto de triste memória, ainda se atrevera a repetir a dose. Em nova identificação, implicante, teimosa, mais uma vez brincara com o nome de uma valsa de Strauss:

— ... Daniel Vieira, junto aos bosques de Viena.

Como sempre, Antônia acordara com o noticiário. E mais uma vez começou o dia sorrindo mentalmente para o dono da voz e da brincadeira. Em vão, porém, esperou por ele nos dias subseqüentes. Nunca mais seu rádio trouxe Daniel Vieira de volta. Para reencontrá-lo, faltava ainda muita coisa. E seus próximos sorrisos para Daniel ao nascer do dia não seriam mentais, mas bem concretos, ao vivo e em cores, dirigidos à cabeça que repousava no travesseiro vizinho. Por muitos e muitos anos. Mas ainda não era hora.

Muitas coisas ditas eternas se iniciam de alguma forma, torno a repetir. Podem começar assim, sem que ninguém desconfie. Tanto o amor como a fama

— que no caso de Daniel correriam paralelas, em um processo capaz de fazer as delícias de astrólogos amadores, desses que tratam de atribuir tudo apenas a uma conjuntura cósmica.

Pois estavam começando. Fama e amor. Eternos?

Em seu papel de parteiro inconsciente, Menezes ajudava esse duplo nascimento. Sem nem imaginar o que estava fazendo.

Só sabia que Daniel, rebelde do jeito que era, com toda certeza iria bater de frente com as exigências da televisão. Ia ter que baixar a crista, ser disciplinado, obedecer às ordens da chefia. Em uma palavra, enquadrar-se profissionalmente. Caso contrário, perderia o cargo em pouco tempo. Mas, por outro lado, com toda a certeza também iria dar algumas lições preciosas àqueles arrogantes que queriam substituir jornalistas de verdade por bonecos enfeitados. Ia ser uma briga boa para se assistir de camarote.

Menezes não tinha dúvidas de que a tentativa não iria dar certo e Daniel Vieira seria rapidamente expelido dos estúdios. Tinha, porém, esperança de que ele saísse atirando e dissesse umas boas verdades àquele pessoal, coisa que aquele bando de incompetentes estava precisando ouvir, para aprender a não tratar um bom profissional como se fosse apenas mais uma fachada descartável. E Daniel não era homem de deixar barato.

Não se tratava de um plano maquiavélico. Era apenas um impulso de pregar uma peça, fazer uma molecagem. Indicar Daniel para apresentar o programa era mesmo uma idéia divertida. Uma resposta ao pessoal da tevê e ao jornalista metido a independente. Fazendo um lado bater no outro, sem que ele, Menezes, precisasse se meter. E ainda iria faturar junto a cada um o favor feito. Iam ficar lhe devendo essa, sem nem imaginar que ele estava rindo por dentro.

A dupla formada pelo diretor Eduardo Sotero e pelo apresentador Daniel Vieira iria deixar marcas profundas na história da televisão no país. Por uma química rara, deu certo desde o primeiro instante. O equivalente profissional de um duradouro caso de amor à primeira vista. Entenderam-se imediatamente, perceberam como as idéias de um provocavam as do outro. Sendo ambos verdadeiramente talentosos e seguros de si, logo perceberam que não tinham nada a temer um do outro e que, juntos, iriam longe. O que tinham de diferente servia para complementá-los. A disciplina de Eduardo no trabalho corrigia a irreverência de Daniel. A borbulhante ebulição de idéias do produtor, antes perdidas em pura dispersão, encontrava no jornalista o aprofundamento necessário — apurando os fatos, descobrindo aspectos novos, ouvindo fontes relevantes. Os palpites ligeiros sobre um assunto não se perdiam, mas levavam a um minucioso levantamento de material visual. Foram ambos dignos de sua inteligência e, apesar das limitações de estarem fazendo comunicação de massa, nunca se contentaram em apenas arranhar a superfície sem ligar o assunto a seu sentido mais fundo. Pelo contrário, misturaram reportagem e entrevistas no estúdio, desencavaram material de arquivo, foram sempre mais além da mera sugestão leviana ou do exagero repetitivo. Deram seguimento aos assuntos anteriormente levantados, explicaram sem didatismo sempre que foi preciso. Souberam driblar os clichês do gênero, evitar a irresponsabilidade e a inconseqüência. Inovaram visualmente, criaram vinhetas divertidas. Alternaram ritmos, pautaram bem os assuntos. Fizeram um programa vivo, ágil, interessantíssimo. Apesar dos tempos difíceis que o país vivia, com o fim das liberdades individuais, o desrespeito permanente aos mais elementares direitos do cidadão, as perseguições arbitrárias. Parecia que a censura estimulava a dupla. Trabalhavam como loucos para driblá-la. Faziam seis, sete programas para que um pudesse ser aproveitado. Mas isso os forçava a uma criatividade permanente, a uma atenção ao detalhe significativo e aos ângulos desprezados, a uma aposta na inteligência e cumplicidade do espectador.

Em pouco tempo, o trabalho dos dois passou a ser referência constante nas conversas bem-informadas.

Daí a pouco, o programa mudava de horário e podia ser visto mais cedo. Expondo a um público maior o rosto bem talhado de Daniel, seu sorriso discretamente sedutor e suas intervenções bem-educadas. Era o caminho do sucesso. E da fama, que ele prontamente aceitou, como se lhe pertencesse por direito natural, desde o nascimento.

Mas, antes disso, houve várias tentativas internas e alguns equívocos. Uns tantos programas-pilotos e muito trabalho avançando madrugada adentro. Num fim de noite desses, cansado, depois de várias horas de gravação, Daniel entrou na sala de Eduardo, tirou o paletó e se jogou numa poltrona num canto, quase por trás do carrinho que atravancava a sala, com uma televisão ligada. Afrouxou a gravata, tirou os sapatos, esticou as pernas e foi ouvindo a voz feminina que saía do aparelho, em tom sonhador de quem proclama alguma coisa vinda de muito longe:

— *Amor é fogo que arde sem se ver,*
é ferida que dói e não se sente...

Em seguida, mudando de tom, mas cheia de brilho próprio em sua dicção clara e tranqüila, a voz continuava:

— Isso não envelhece nunca, não sai de moda, não depende de idade!

Cada vez mais vibrante, acrescentava:

— Qualquer jovem é capaz de entender o que o poeta está querendo dizer. E não me refiro só ao sentido das palavras, mas ao sentimento que elas são capazes de recriar, graças à qualidade poética. Ou seja, a forma pela qual elas foram dispostas dessa maneira única e musical. Refiro-me à arte do poeta e à emoção, que não mudou nada nesses quase cinco séculos. O poema é absolutamente eterno! Uma alegria para sempre, como diria...

Daniel não chegou a saber quem diria. Desconfiava que era um poeta inglês, já lera isso em algum lugar. Mas o som sumiu, foi cortado pela entrada brusca de Eduardo na sala, logo estendendo o braço e baixando o volume no aparelho. Ao mesmo tempo, falava em voz alta sobre as diferentes tomadas do dia, uma proposta de edição, os erros cometidos, a maneira de evitá-los.

O jornalista mal o ouvia. Percebeu que buscava na memória a outra voz, da mulher que falava na telinha até há pouco. Um timbre raro, algo grave, quase de contralto, mas com uma vibração cálida e luminosa. Como definir uma voz? Era macia, envolvente, sem arestas. Dava um banho de serenidade. Instalava uma paisagem em que Daniel se sentia confortável. Era muito bem-vinda em meio ao cansaço em que estava. E ele tinha a sensação de que seria capaz de ter ficado horas ali, relaxando ao som daquela voz, como quem tivesse chegado em casa.

Mas já que Eduardo o interrompera, quis se levantar. Olhar a tela que estava fora do seu raio de visão, ver que cara tinha a dona da voz. Porém não deu tempo. Só conseguiu distinguir rapidamente uma mulher morena, e logo a imagem foi cortada para a de um homem muito sem graça. Daniel mal teve tempo de aumentar o volume antes de ouvir o final da identificação:

— Obrigado, professora Antônia Lousada. E boa noite.

Daniel mudou de lugar, sentou-se de frente para a tela e ficou esperando uma tomada geral, que pelo menos mostrasse de longe a entrevistada. Mas logo entraram os créditos, por cima da cara do entrevistador, enquanto Eduardo perguntava:

— Que foi? Você estava vendo essa bosta?

Sem graça, Daniel negou:

— Não. Estava querendo desligar e me atrapalhei.

Mas guardou o nome. Antônia Lousada. Quem seria?

Bem que tentou se informar disfarçadamente, nos dias seguintes. Mas ninguém conhecia. Podia procurar com o pessoal da produção, pedir para providenciarem a fita com a gravação de uma entrevista dada a um programa da Televisão Cultural, inventar que alguém teria falado dela e ele precisava conferir. Sabia a data em que fora ao ar, não seria difícil conseguir o nome do programa. Só que tinha que, pelo menos, mencionar o assunto. Amor? Poesia? Não sabia. Mas também não era o caso de todo esse esforço. Não tinha importância, repetia para si mesmo. Tinha sido apenas um instante de cansaço. Um vislumbre sonoro. E uma voz que o aconchegara.

Esbarrou no nome poucos meses depois. Estava chateado, terminando seu casamento, de cabeça quente, em meio a muita briga. Tristeza, essa era a palavra para definir o que sentia. Foi sozinho a uma festa em casa de um antigo colega do jornal. Muita gente, falatório, mulher, barulho, bebida, fumo. Já era tarde, não estava com disposição para prolongar demais nada disso. Deu vontade de ir embora. Mas tinha bebido demais, não conseguia nem lembrar direito onde deixara o carro, quanto mais dirigir com um mínimo de segurança. Melhor descer e tomar um táxi. Àquela hora? Naquela rua onde não passava nada? O jeito era pedir um desses que tem serviço de rádio. Junto do telefone, a agenda do dono da casa. Talvez tivesse o número da companhia que ele chamava sempre. *Auto...* o que mesmo? Tinha uma empresa com um nome assim. Ou então chamava um carro no ponto da esquina. Ou uma central bem perto. Abriu o caderno. Letra T, de táxi. Não tinha nada. Letra A. O nome saltou diante de seus olhos: Antônia Lousada. Seguido de um número, que ele prontamente copiou.

Já não queria mais ir para casa. Queria encontrar a moça. Pensou em telefonar para ela. Mas ia dizer o quê? Em vez disso, chamou o dono da casa:

— Você é amigo da Antônia Lousada, não é?

— Claro, gente fina!

— Não pode pedir para ela vir aqui agora?

— Que foi, Daniel, ficou maluco? A esta altura? São três horas da manhã...

— Mas ela não é sua amiga?

— Bom, amiga, mesmo, não sei se dá para dizer que é. Mas ela namorava um amigo meu, o Felipe, eu encontrei algumas vezes, nem sei se eles ainda estão juntos. Mas como uma vez eu precisei resolver umas coisas no colégio do meu filho, andei falando muito com ela, que dava aulas lá.

— Quer dizer que ela é professora do seu filho?

— Não, o Marcelo é pequeno, ela dá aula para os grandes, o pessoal de turma mais adiantada.

— De quê?

O outro estranhou:

— Me diga uma coisa, Daniel, pra que esse interesse todo? Está a fim da Antônia, é?

— A fim como? Eu nem conheço ela... Só vi uma entrevista dela, e pensei que podia incluir alguma coisa no meu programa...

— Ligando a esta hora?

— É... eu não tinha o telefone dela, o pessoal da produção não conhecia... Agora eu vi que está na sua agenda...

— Me dá isso aqui.

— Tudo bem. Já copiei mesmo. Mas você bem que podia ligar pra ela.

— Daniel, você está é de porre. Deita aí um pouco.

— Não, já vou mesmo para casa.

— Você não pode dirigir assim. Deixe eu ver se alguém está saindo e pode te levar.

— Eu ligo para virem me apanhar.

— Quer um táxi?

— Não. Quero Antônia Lousada!

Claro que não conseguiu. Não naquela hora. Mas agora que já tinha o telefone, não ia demorar muito. A dona da voz, finalmente. Talvez lhe trouxesse a serenidade que a voz prometia. Uma certa paz de que andava tão necessitado. Com alegria, tinha certeza. A voz tinha uma semente de alegria.

Na primeira oportunidade, pediu a alguém da produção do programa que ligasse para ela, porque precisava pedir umas informações. Sobre o quê mesmo? Só sabia que ela era professora — de mais velhos. Ia ter que inventar uma história sobre adolescentes na escola, ver se colava... Ao lado do telefone, enquanto o rapaz ligava, Daniel mentalmente ia ensaiando alguma desculpa esfarrapada que pudesse dar início a uma conversa mais comprida, sondar um assunto possível e abrir a possibilidade de um encontro ou de outro telefonema. Mas que jeito ia dar? Não podia dizer simplesmente "sua voz não me sai da cabeça, ando há meses atrás de você, tenho que te conhecer..." Ridículo. Era um perfeito estranho, ela nunca devia ter ouvido falar nele...

— Antônia Lousada na linha — disse o outro, passando o telefone.

De garganta seca, Daniel deu um alô e, para sua total surpresa, ouviu:

— Daniel Vieira? Aquele que andou às margens de um Danúbio não tão azul?

Do outro lado, Antônia pensava: "Que coisa mais idiota! Como é que eu fui falar uma coisa dessas? Também, me pegando assim de surpresa, um cara que eu não conheço, nem nunca pensei que pudesse me telefonar..."

— Ele mesmo — confirmou Daniel. — Mas como é que você sabe disso?

— Ouvi no rádio e achei divertidíssimo. No dia seguinte, também, falando nos bosques de Viena.

— É... foi uma brincadeira.

— Até que foi uma brincadeira simpática. Mas o que aconteceu? Você não é mais correspondente? Todo dia eu ouço o noticiário e nunca mais te ouvi.

Ele explicou que na verdade não trabalhava na rádio, e sim no jornal. Só tivera aquelas duas participações no noticiário, uma coisa apenas passageira, episódica. Uma coincidência enorme ela ter ouvido. E lembrado, registrou mentalmente com certa alegria.

— É coincidência, mas nem tanto. Eu me levanto cedo para trabalhar. O meu despertador me acorda todo dia no meio desse noticiário.

— No meio? — estranhou ele.

— É. Exatamente cinco minutos depois que começa.

— Mas então você perde o começo, fica mal informada.

— Cara, é despertador, não é informação... E se eu posso dormir mais cinco minutos, para que vou acordar antes?

Ele adorou o jeito dela ao dizer "cara". Ela admirou a seriedade de alguém fazer tanta questão de ficar bem informado. Precisa mais detalhes?

Conversaram, ele contou que tinha saído do jornal e estava começando a fazer uns pilotos para um novo programa na televisão. Falaram de coincidências, de Viena, de Strauss e de valsas. Levaram dez minutos para desligar e só então se deram conta de que Daniel não havia explicado o motivo que o levara a telefonar. Ele ligou de novo. Ela riu muito.

— Você é desligado, hein?

— Mas estou ligando...

Riram de novo. À toa. Ele disse que queria conversar com ela com calma. Por causa de um programa em que estava pensando. Tinha visto o final de uma entrevista dela na Televisão Cultural. Queria que ela aprofundasse aquele ponto de vista. Ela se animou toda, já foi começando a falar com entusiasmo. Acabaram marcando um encontro para o dia seguinte. Um café depois das aulas. Ele levaria um roteiro-padrão, um modelo do programa que estava fazendo, para ela ter uma idéia.

Levar o roteiro, até que Daniel levou. Mas nem abriram o envelope para comentar seu conteúdo. Tomaram vários cafés prolongadíssimos, enquanto falavam de temas muito pessoais. Respondendo a uma pergunta, ela disse que estava descasada. Ele contou que estava terminando um casamento, pensando numa separação formal, queria saber como é que se vivia isso, nunca tinha lhe acontecido. Ela falou de sua experiência na área, mas achou melhor não dizer que ainda sentia saudades de Cláudio e volta e meia tinha vontade de se encontrar com ele. Trocaram impressões dolorosas, depois aliviaram o clima antes que ficasse pesado. Riram muito, contaram coisas divertidas acontecidas no trabalho, exibiram-se um ao outro sutilmente sob suas melhores luzes e aspectos mais sedutores. Quando ele foi deixá-la em casa, de carro, o beijo de despedida foi ficando mais entusiasmado e se fazendo acompanhar de um abraço deslizante, mas ela cortou:

— Não, Daniel, por favor...

— Mas por quê?

— Porque você é casado, eu não quero me meter numa situação dessas.

Ele respeitou. Deixou que Antônia saltasse do carro. Esperou que ela entrasse no prédio. Ligou o motor e foi embora. Só mais tarde, quando chegou em casa, viu no banco de trás do carro o envelope com o roteiro que não chegara a discutir com ela. Ligou cedo no dia seguinte, antegozando a idéia de um novo encontro para fazer a entrega. Ela já tinha saído. Daniel insistiu o dia todo, só conseguiu falar no início da noite. Mas ela foi firme:

— Deixe na portaria do meu prédio.

— Não posso subir e entregar pessoalmente?

— Vou chegar tarde.

— E amanhã? Você não disse que às sextas-feiras tem a tarde livre?

— Vou viajar. Deixe hoje, que eu aproveito para ler na viagem.

Ele não podia insistir mais. Pelo menos, já tinha o endereço, sabia agora onde ela morava. E daí a alguns dias, quando ela voltasse da viagem, podiam se encontrar de novo, a pretexto de discutir o roteiro.

Pelo lado de Antônia, a viagem era real. Era aniversário da mãe e ela queria estar perto — ia passar o fim de semana em Brasília com Susana, tão necessitada de apoio... Mas não era verdade que fosse sair nessa noite. Estava era fazendo um esforço enorme para se segurar. Não queria mesmo se envolver com um homem casado. Já lhe acontecera uma vez, logo que se separara de Cláudio. Mas só porque era inexperiente. Prometera a si mesma que jamais deixaria que isso ocorresse de novo. Por um lado, porque doía muito ter que se contentar com as migalhas de ser a outra. Mas também porque a carga de culpa era pesada demais, ficava se sentindo péssima com a idéia de sofrer muito ou fazer uma mulher sofrer e não conseguia mais engolir as histórias masculinas nesses momentos. Aprendera. Quando lhe acontecera, tinha acreditado que aquela era uma história única: o casamento dele já estava mesmo acabando, o envolvimento deles não era culpa sua, se não houvesse um vazio não teria surgido esse espaço para ela, ninguém tira ninguém de ninguém, as pessoas não são donas das outras, aliás não mandam nem nos seus sentimentos, ainda mais porque a mulher do outro não o compreendia, aquilo era só um casamento de fachada, estavam juntos por causa dos filhos e dos bens, todo mundo tem o direito de buscar a própria felicidade etc. etc. As explicações eram intermináveis. E iguaizinhas às que ouvira depois, repetidas por tantas amigas, ouvidas de tantos outros homens, em tantos outros casos idênticos. Nenhuma delas evitava a constatação essencial: se o casamento está acabado, que se acabe mesmo, e o homem então se ofereça para uma nova relação — livre, total e inteiro. Vivendo uma verdade e não uma meia mentira. Sem que a namorada, entrando em sua vida, aliciada por ele, sem ter ido procurar nada daquilo, tivesse que sentir remorsos por estar causando a outra mulher o sofrimento pelo qual Antônia estava vendo sua mãe passar.

Uma vez, Antônia acreditara. Fora ingenuidade. Duas, seria estupidez. Mesmo com a consciência de que não era ela que tinha procurado por Daniel nem dado em cima, estava firmemente decidida a não deixar acontecer nada. Ele era muito atraente, o encontro dos dois fora muito agradável, a despedida deixara um inequívoco gosto de quero-mais. A tentação era grande. Mais que isso, ela passara o dia lembrando dele, sorrindo sozinha, com a sensação de que seria a coisa mais natural de sua vida abandonar-se e ser levada por aquele sentimento. Nunca encontrara ninguém que a deixasse assim. Mas não ia ceder. Antes de mais nada, por respeito a si mesma. Recusava-se a ser esse tipo de pessoa que passa por cima dos sentimentos alheios como se fosse um trator. E ainda estava num ponto em que dava para pisar no freio.

Decididamente, ela não era igual a Tânia.

5

— Quem é Tânia?

— Colega de uma das minhas filhas, da Carla. Estudaram em cursos diferentes, mas na mesma universidade. Uma moça muito boazinha, por sinal. De família modesta, perdeu o pai muito cedo, a mãe é uma batalhadora.

— Como o senhor se envolveu com ela?

— Eu não me envolvi com ela. Não admito que...

— Desculpe... Como o senhor a conheceu?

— Em minha casa mesmo. Já disse, ela ia sempre lá.

— E o senhor a convidou para sair?

— Absolutamente não.

— O senhor se encontrava com ela em sua própria casa?

— Não do jeito sujo que você está insinuando. Ela ia à minha casa junto com outros amigos de meus filhos. E eu a via lá, sempre. Às vezes ela ficava para almoçar ou jantar, e todos participávamos da mesma conversa, à mesa. Naturalmente. Sem nenhuma maldade.

— O senhor e ela não ficavam a sós?

— Pode ter acontecido... Ocasionalmente... Uma ou outra vez, na varanda, na sala, quando todos saíam por uns minutos. Mas não se pode dizer que fosse habitual.

— E o que aconteceu então nessa ocasião eventual?

— Conversamos banalidades.

— De que tipo?

— Ela dizia que gostava da alegria da nossa casa, daquela mesa grande com todo mundo sentado em volta, eu contando casos... Admirava nossa família, porque nunca tivera na vida dela nada assim... Dizia que admirava nós todos... e a mim em particular.

— Disse a razão?

— Não, mas eu fui entendendo. Já lhe expliquei. Ela era muito sozinha, com uma história muito cheia de problemas, criada sem pai...

— O senhor conhecia essa história?

— Ela foi me contando aos poucos

— Quando ficavam sozinhos?

— Principalmente. Mas também com alguns comentários ocasionais na frente dos outros.

— E ela disse que o admirava como pai?

— Não, isso eu percebia, mas ela disfarçava, acho que não queria me deixar constrangido. E não era exatamente como pai, era como um chefe de família, um homem protetor, forte, seguro, capaz de enfrentar as responsabilidades, tomar conta, proteger. Tudo o que ela nunca tinha tido. Mas não disfarçava que gostava de ouvir o que eu dizia, me admirava e respeitava. Sempre me pedia conselhos, prestava atenção no que eu falava, ria muito...

— Ria dos seus conselhos?

— Claro que não! Já disse que a Tânia é uma excelente moça, me admira e respeita...

— Então de que é que ela ria?

— De muitos casos engraçados que eu contava. Eu sou um sujeito muito divertido, sabe? Muita gente acha... Gosto muito de brincar, sei um monte de anedotas. Quando eu era da diretoria da Associação, por exemplo, era só eu começar a contar piada, e juntava gente para ouvir...

— E em casa?

— Antigamente, também riam. A Susana também achava muita graça em tudo, os meninos morriam de rir com as histórias do pai. Depois que cresceram é que ficaram com umas bobagens, da idade, uma fase. Ficavam implicando: "Começou o programa cômico..." ou então, pior ainda, "De novo? Essa você já contou..." Às vezes me atropelavam para falar antes de mim e contavam o final, só para mostrar que já conheciam. Ou iam levantando, dando desculpa de que tinham alguma coisa para fazer, e saindo de fininho. Uma total falta de respeito. No meu tempo, com meu pai, ninguém...

— E a Tânia?

— Sempre soube ouvir com atenção, rir nas horas certas.

— E quando não era história de rir?

— Também ouvia com atenção. Mais ainda, se fosse possível. Sempre teve muita consideração comigo. E curiosidade por tudo da minha vida. Perguntava, pedia para eu contar mais. Às vezes, as pessoas todas da família iam levantando da mesa, até a Carla, amiga dela, que chamava para irem lá para dentro ouvir música ou conversar. Mas ela ficava, interessada.

— Que histórias eram essas?

— Nada de mais. Qualquer coisa. Tudo o que eu tivesse vontade de contar. Como eu fiz a empresa, como aproveitei a construção de Brasília para apostar no futuro, largar tudo e vir para cá... Essa parte, ela sempre adorou. A minha primeira viagem de avião para este lugar, quando ainda não tinha nada... As dificuldades para trazer o material de construção sem estrada. Os primeiros caminhões, os candangos chegando de todo canto do país, a secura do cerrado, o tempo em que o lago ainda estava se formando a partir de um riachinho represado, enfim, tudo sobre aquela época pioneira de desbravamento, quando até o presidente se hospedava num barraco de madeira... Tempos heróicos. Uma verdadeira epopéia. Muita gente acha isso tudo muito interessante. Não quer aproveitar que estamos aqui conversando tão francamente e perguntar sobre esse assunto?

— O senhor se mudou para Brasília desde o início?

— Eu vim logo. Fui dos primeiros. Mas sem a família — não tinha a menor condição de trazer Susana e as crianças nessa época. Eles ficavam no Rio e eu ia sempre que podia. Mas vim por eles, para dar duro, trabalhar, garantir o futuro da família. Percebi logo que seria a oportunidade de minha vida. Eu já tinha passado muita dificuldade, sabe?, e nessa hora farejei a chance...

— E D. Susana?

— Deu o maior apoio. Na verdade, foi ela quem sugeriu que eu podia tentar, porque era um momento único no país. Eu não estava muito bem, achava que não tinha meios, ela teve a idéia de que eu podia propor uma sociedade ao meu patrão e me dispor a entrar com meu trabalho e vir para cá. Afinal, era negócio para ele... Além disso, ela teve muita confiança em mim quando eu resolvi hipotecar a casa, que era a única coisa que a gente tinha. A Susana viu que desse jeito eu podia levantar um capital próprio no banco e não criou o menor caso. E enquanto eu não pude trazer todo mundo, ela ficou no Rio sem reclamar, se virando com o pouco dinheirinho que eu podia mandar. Na hora do aperto, pedia emprestado aos pais, a um irmão, botava alguma coisa no prego, fazia uma costura... Nunca se queixou. E logo que foi possível, viemos todos para cá. Acampadíssimos. No meio de uma poeirada na seca e um lamaçal no tempo da chuva. Mas a Susana vibrava. Dizia que isto aqui era para gente especial, capaz de olhar o que não existia e ver o que ia existir.

— A Tânia também ouvia isso com atenção? Ou essa parte o senhor não contava?

— Ela sempre foi atenta. E eu nunca escondi nada.

— Nem de D. Susana?

— Não admito insinuações. Concordei em lhe dar esclarecimentos, não estou aqui para ser julgado.

— Podemos então continuar esclarecendo mais?

— Perfeitamente.

— O senhor contava suas histórias e a Tânia ouvia com atenção porque tinha vontade de ter tido uma família assim, certo?

— Certo?

— E a infância dela foi muito infeliz porque ela não tinha pai, certo?

— Certo?

— Como é que ela outro dia veio dizer que estava toda preocupada porque o pai adoecera e ela precisava ajudar a mãe a interná-lo num hospital?

— É que a Tânia é uma boa filha, dedicada. E mesmo com um pai ausente durante toda a infância, um sujeito que estava em casa mas era como se não estivesse, um cara que não ligava a mínima para a família, na hora do aperto quem tomou todas as providências foi a filha.

— Então ela tinha pai?

— Eu tinha entendido que não tinha, mas foi confusão minha. Depois descobri que estava enganado. Mas, sinceramente, não vejo que importância isso possa ter.

— Quando o senhor saiu com ela pela primeira vez?

— Não lembro exatamente. Mas foi numa noite em que ela tinha ficado lá em casa até tarde, quando a Carla ainda não tinha ido para São Paulo e morava conosco. A Susana ficou preocupada, achou que era perigoso a Tânia ir embora sozinha, me pediu para levá-la de carro. Estacionei perto do apartamento dela e ficamos conversando um tempão.

— O senhor contando casos da construção de Brasília e histórias da Associação de Construção Civil? O tempo todo?

— Não. Dessa vez quem falou muito foi ela, sobre as dificuldades que passava em casa. Coitadinha, um sofrimento... Chorou muito.

— E o senhor a consolou?

— Claro! Não sou nenhum monstro insensível. Ela não tinha ninguém com quem pudesse desabafar.

— Não tinha amigos? Namorados?

— Era uma moça um pouco tímida, recatada, educada à moda antiga, sabe? Claro que tinha amigos, sempre foi muito alegre e cheia de vitalidade. Mas eram amizades imaturas, gente sem experiência de vida, sem condições de poder dar um apoio de verdade.

— Depois dessa vez e dessa conversa comprida, houve outras logo em seguida?

— Logo no dia seguinte, eu passei pela saída da faculdade para ver se dava uma carona para a Carla, só que não achei minha filha. Mas encontrei a Tânia e a levei em casa.

— Completamente por acaso?

— Não. Eu tinha dito a Tânia que talvez desse uma passada por lá naquela hora, e ela me esperou na porta para avisar que naquela tarde o curso da Carla não tinha aula. Então eu dei uma carona a ela até em casa.

— Foram direto?

— Paramos para comer qualquer coisa no caminho.

— Só essa vez?

— Claro que não! Deixe de se fazer de inocente. Você sabe perfeitamente que eu agora estou casado com ela. De alguma forma, tinha que começar. Saímos de novo no dia seguinte, e no outro. Começamos a nos encontrar quase todo dia e fomos nos sentindo atraídos um pelo outro.

— Ela ia a sua casa e o senhor a levava depois?

— Não. Sempre respeitei a Susana. Quando percebi o que estava acontecendo, procurei não estar em casa quando a Tânia ia lá. E aos poucos, ela foi deixando de ir.

— O que estava acontecendo?

— Percebemos que nos completávamos.

— O senhor era o pai maduro e compreensivo que lhe faltava, e ela era sua platéia atenta que sabia rir e aplaudir?

— Não distorça o que lhe contei em confiança. Esses aspectos eram secundários, foram só uma etapa para explicar. Nós estávamos atraídos como homem e mulher. Uma coisa de pele, de corpo. Estava me fazendo muito bem, mostrando que eu estava vivo, inteiro, saudável, cheio de vida. Sabe lá o que é ficar trepando com a mesma mulher por quase trinta anos? Por maior que seja o carinho, o respeito, tem uma hora que não dá mais. A gente comparece, claro. Mas perde a graça.

— Então vocês começaram a transar?

— Claro, está pensando o quê?

— E o senhor resolveu deixar D. Susana e casar com a Tânia?

— Eu nunca deixei a Susana. Ninguém nunca vai poder me acusar disso. Ela é que me deixou. Se não tivesse se precipitado, podíamos estar juntos até hoje.

— E a Tânia?

— Também. Uma coisa não tem nada a ver com a outra.

— Como assim?

— A Tânia não é essa piranha que estão apresentando por aí. Nunca quis ser uma destruidora de lares. Podia perfeitamente ter continuado por muito tempo se encontrando comigo fora de casa, a gente vivendo nossa história, sem prejudicar ninguém.

— Para sempre?

— Não gosto dessa expressão.

— Mas se podia ter ficado assim, por que mudou?

— Porque alguém nos viu juntos e foi contar para a Susana.

— Em algum lugar comprometedor? Na saída de um motel?

— Não, num restaurante... Mas a maldade dessa gente não tem limites.

— Um restaurante escondidinho?

— Não, um restaurante comum, que eu costumo freqüentar.

— Por que o senhor foi lá com ela? Estava querendo se exibir?

— Não sou homem dessas coisas. Pelo contrário, tinha até o cuidado de procurar não ser visto com ela em público. Mas percebi que isso a humilhava, a fazia sofrer. Ela ficava triste, dizia que eu a tratava como se fosse apenas um objeto sexual, que só servia para a cama. Como se eu me envergonhasse dela. Não se pode fazer isso com uma pessoa com quem a gente está transando, é uma falta de humanidade... Então, de vez em quando, eu saía com ela mais normalmente. Se alguém visse, eu sempre podia dizer que era uma amiga da família e a gente tinha se encontrado por acaso.

— Tarde da noite numa mesa a dois?

— Pois é... Foi assim que uma colega da Carla nos viu e foi contar. A história do encontro por acaso não convenceu ninguém.

— Ninguém mesmo?

— Bom, num primeiro momento, a Susana acreditou. Ela tinha confiança total em mim, a certeza de que em quase trinta anos eu nunca tinha mentido para ela. Então, se eu falei, estava falado. Podia parecer um absurdo, mas ela acreditava. Só que ficou com a pulga atrás da orelha, naturalmente. Começou a prestar atenção.

— Nas histórias divertidas que o senhor contava?

— Não. Nas minhas saídas, nos meus horários, nas minhas roupas. Eu também facilitei, baixei a guarda.

Nunca pensei que ela fosse reparar que eu tinha comprado cuecas novas — eram iguais às de sempre, da mesma marca... Mas é que era sempre ela que cuidava do meu guarda-roupa, saía, escolhia, comprava. Eu nunca tinha tratado disso. Quando comecei a mudar nesse aspecto, ela estranhou a novidade e ficou de orelha em pé. Aí, quando eu não vinha jantar, começou a ligar para a casa da Tânia, sem se identificar, só para ver se ela estava. Foi ficando cada vez mais desconfiada.

— E o que foi que ela fez?

— Você não conhece mesmo a Susana. Uma mulher como ela só faria uma coisa nessa hora: me perguntar diretamente.

— O que o senhor respondeu?

— Comecei negando. Ela já tinha acreditado até ali, quem sabe se não continuava? Mas vi que não dava certo. Ela estava muito municiada, me pegava em contradições. Era evidente que não estava mais confiando. Cada vez eu tinha que ter mais cuidado, mas cada vez era mais difícil. Se fosse antes, no tempo em que eu ia todo dia à empresa, ou quando eu era da diretoria da Associação, teria sido mais fácil. Eu teria mesmo que sair, e tinha secretária para telefonar, dar cobertura, essas coisas... Mas aposentado há dois anos, tendo deixado a Susana se acostumar comigo em casa a toda hora, companhia para o supermercado, indo ao banco pagar contas, essas coisas... Ela estranhou a mudança. E ficava mais fácil me vigiar.

— E a Tânia?

— Teve muita dignidade. Nunca quis prejudicar meu casamento, estragar a vida da minha família. Mas também me abriu os olhos. Me mostrou uma coisa que eu não tinha visto, em todo aquele tempo casado com a Susana. Parece mentira, mas eu nunca tinha reparado nisso: como a Susana me controlava! Como eu contava tudo da minha vida a ela, como eu dava satisfações... Uma prisão!

— Ela também contava tudo ao senhor?

— Claro! Eu era o marido dela. E que segredos uma mulher como a Susana podia ter? Ela não tinha vida própria, parou no tempo... Até mesmo um trabalho próprio ela nunca teve.

— Por quê?

— Bom, quando a gente casou, isso não se usava mesmo, e eu sempre me orgulhei de não precisar depender do trabalho dela. Mas mesmo que ela quisesse — e bem que ela quis, não só porque tinha estudado biologia, gostava mesmo daquilo, mas até mesmo porque teve umas épocas na vida da gente em que um salário extra dentro de casa teria sido uma mão na roda —, mas, enfim, mesmo que ela quisesse, era impossível. Como é que uma mulher com seis filhos ia ficar entrando e saindo num trabalho cada vez que engravidava e tinha que parar para amamentar, cuidar de criança, essas coisas? Nós nunca fomos milionários para ter um monte de empregados... Este apartamento aqui e a mansão do lago que ficou com ela são conquistas recentes. Só depois de muitos anos, quando as coisas deram certo aqui em Brasília, é que pudemos ter alguma coisa. Uma boa aposentadoria, isso sim, tranqüilidade na velhice. Mas, antes, não dava para dispensar a Susana em casa, para ela ficar metida num laboratório, olhando bichinho em microscópio como às vezes ela dizia que queria. Depois, também, ela caiu na real e se conformou, disse que essa pretensão não fazia mais sentido, tinha ficado mesmo defasada profissionalmente. A Susana sempre foi muito realista, essa qualidade ninguém tira. E foi ficando em casa sossegada, de certo modo aposentada muito antes de mim. E sem perceber minha insatisfação, minha recusa em me considerar a caminho da velhice.

— Mas ela também não estava ficando velha?

— E como! Engordando, despencando, precisando de óculos para tudo, dormindo pouco, mal-humorada de vez em quando, perdendo o pique. A tal da menopausa é uma barra... Mas depois que passou aquela história dos calores e de chorar à toa, parecia que ela nem ligava, estava até gostando. Parece esquisito, né?, alguém gostar de envelhecer, se conformar com isso?

Pois eu acho que às vezes ela gostava. Um lado dela sentia, é claro, estava acostumada a ser admirada, tinha sido sempre muito bonita, e a perda da beleza atinge muito as mulheres. Mas, por outro lado, dava para qualquer um ver que também estava feliz com a idade chegando, os filhos criados, menos trabalho, os netos em volta o tempo todo, eu ficando em casa com ela. Tudo na vida dela sempre foi dirigido para a casa, a família, os filhos. Isso não se pode negar — uma boa esposa, uma grande mãe, uma excelente dona de casa... Uma vida anulada, voltada para os outros. Por isso é que ela não entendia que os outros podem não ser assim e ter necessidade de uma vida própria. Teve muita dificuldade de me compreender e aceitar o que eu estava vivendo com a Tânia.

— O senhor acha que conseguiu explicar direito?

— Eu não devia explicações a ninguém. A vida é minha e eu tenho o direito de querer ser feliz. Vamos parar com esse negócio de me fazer de vilão. Todo mundo tem a mania de querer que eu me sinta culpado.

— Então o senhor um dia chegou para ela, não deu explicações, disse que tinha se apaixonado e ia sair de casa para viver com a Tânia?

— De jeito nenhum! Eu já lhe disse que não abandonei a Susana. Quem saiu de casa foi ela.

— Como assim?

— Depois que lhe contaram, ela ficou meio desconfiada. A toda hora, cismava que eu estava mentindo.

— E não estava?

— Todo mundo mente de vez em quando. Quero ver quem tem moral para me atirar a primeira pedra! Mas o caso é que depois da minha primeira negativa, Susana mudou: me vigiava, me fazia perguntas. Numa dessas vezes, me perguntou diretamente se eu não queria contar para ela de uma vez o que estava acontecendo comigo e com a Tânia. E eu acabei achando que seria um alívio contar que, realmente, estava tendo um caso com ela, que era uma coisa sexual muito forte, eu estava precisando daquilo naquele momento da vida, e estava me fazendo bem.

— Como D. Susana reagiu?

— Chorou muito, gritou, se lamentou, disse uma porção de coisas duras, que nunca tinha esperado isso de mim, que eu traíra a confiança dela, que sempre tinha achado que eu era um homem de caráter e que o pior de tudo era descobrir que eu estava mentindo, etcétera e tal... Em uma porção de coisas, tinha razão. Em outras, pegou fundo e exagerou. Mas estava muito ferida, se sentindo rejeitada, jogada fora, e eu perdoei.

— *O senhor* perdoou?

— Perdoei.

— E então vocês se separaram?

— Não, ainda demorou um tempo. Ela chorou a noite inteira, mas no dia seguinte veio conversar comigo. Disse que tinha pensado muito e queria que eu prometesse que não ia mais mentir para ela. Se eu prometesse, ela prometia que me deixava em paz, não ficava me vigiando nem me fazendo perguntas a toda hora. Então prometemos. E me orgulho de dizer que nós dois cumprimos as promessas.

— Então por que se separaram?

— Bom, é até difícil entender. Sabe que às vezes eu mesmo me pergunto isso e não sei responder? Acho que foi porque a gente não sabe lidar com essas situações, nunca ninguém nos ensinou, e então faz bobagem. Aliás, é só por essa razão que estou lhe contando tudo isso. Porque você me disse que vai trocar nossos nomes e contar tudo num livro, e que assim talvez possa ajudar outras pessoas. Muita gente passa por isso, eu conheço montes de casos. Talvez mesmo a maioria dos casais que ficam muito tempo juntos. Mas ninguém nos ensinou o que fazer nessas situações. E cada um repete as mesmas besteiras dos outros, sem saber. Só muito depois é que eu vim entender que não precisava ter sido como foi, nós dois não precisávamos ter nos afastado, ela foi a mulher da minha vida, eu hoje me arrependo muito de não ter sabido evitar que as coisas acontecessem como aconteceram... Mas não tem mais jeito.

— Quer falar disso?

— Não, não adianta. Perdi mesmo.

— Não tem mais jeito?

— Jeito como? Com a Susana morta e eu aqui nesta cama de hospital, casado com uma mulher tão cheia de compromissos que mal vem me visitar? E se estou aqui é graças aos filhos, porque essa mulher, para quem depois da partilha eu trouxe metade dos meus bens, nem ao menos foi capaz de manter meu plano de saúde em dia... Mas não quero falar nisso. Melhor parar por aqui.

— Posso fazer só mais umas perguntinhas?

— Se não for sobre o presente... Para esse eu não quero olhar.

— Não, não é. É sobre o passado.

De qualquer modo, todas essas perguntas são mesmo formuladas e respondidas num futuro em relação ao tempo que vinha sendo narrado, quando Antônia estava indo a Brasília visitar Susana, e os pais tinham acabado de se separar. Uma espécie de mistura do *flashback*, retrospecto comumente usado nas narrativas, com um *flash-forward*, muito mais raro mas igualmente útil, uma forma de antecipação do que vai acontecer. Uma combinação de recursos que pode levar a um tipo de narrativa em costura, que dá um ponto em cada tecido temporal e os vai aproximando à medida que a agulha anda e a linha aperta.

Mas não há por que introduzir esses elementos no diálogo com Nelson. Ele já está muito debilitado e confuso com a medicação. Porém, sem dúvida, está também grato pela oportunidade de fazer essa recapitulação, numa arrumação de lembranças que neste momento funciona como uma despedida da vida e o ajuda a ficar em paz consigo mesmo, enquanto eu aproveito para acompanhar até mais adiante o desenvolvimento daquela história de amor eterno que começou tão lindamente entre miosótis em Viçosa.

— Bem, então, voltando ao assunto, qual foi a gota d'água que afinal deflagrou seu processo de separação de D. Susana?

— Durante um bom tempo, eu saía para me encontrar com Tânia, a Susana sabia, sofria, mas não ficava perguntando nem vigiando. Chorar, chorava, isso é verdade — Deus do céu, como chorava!... De irritar a paciência de qualquer um. Mesmo quando tentava disfarçar, ficava com aquela cara de choro que valia por uma acusação. Mas na maioria das vezes fazia a maior força para se controlar, não ficava me jogando a Tânia na cara e fazendo cena, isso eu tenho que reconhecer. Engolia. Só pedia que, por favor, eu fosse discreto, não me expusesse a ser visto por amigos nossos, não provocasse situações que a humilhassem e nos jogassem num ponto sem volta.

— E além de chorar?

— Às vezes se arrumava toda para me esperar, ou então fazia meu prato preferido, preparava tudo como se quisesse me reconquistar. Era meio patético. Outras vezes, ficava meio amarga, irônica, dando indiretas e alfinetadas. Era insuportável. Outras vezes, conseguia ser doce, carinhosa, me lembrava que, afinal de contas, era a mulher serena que eu sempre amei e me trouxe paz. Quer dizer, o comportamento dela oscilava. O meu também, aliás. Mas eu percebia que ela estava tentando, e eu também fazia força para dar certo. Eu sabia que amava muito a Susana, era a única mulher que realmente me completava, me entendia, me aceitava do jeito que eu sou, me fazia feliz. Tinha horas que eu via com a maior clareza que a Tânia podia ser uma maravilhosa platéia, deslumbrada e aplaudindo entusiasmada, mas um dia eu ia ter saudades de não me sentir no palco nem ter que representar o tempo todo. Só que esse dia ainda não tinha chegado.

— E a Tânia?

— Era uma exaltação, uma euforia, uma viagem. Mas ia acabar, eu sabia, não era idiota. Podia estar apaixonado, mas nunca fui imbecil. E um dia eu ia voltar para casa, para meu lugar junto da Susana.

— Por que esse dia nunca chegou?

— Porque o meu aniversário chegou antes. E a Tânia cismou que queria que eu dormisse com ela a noite inteira nesse dia.

— E então o senhor não voltou?

— Então eu comuniquei a Susana que ia fazer essa vontade da Tânia e só voltava no dia seguinte. Aí entornou o caldo. Foi um deus-nos-acuda.

— O que aconteceu, concretamente?

— Primeiro, a Susana chorou muito, fez uma cena, pediu, implorou que eu não fosse. Depois tentou me enrolar — prometeu que deixava, mas só no dia seguinte, não no meu aniversário. Como se fizesse qualquer diferença. Fiquei firme. Eu não podia deixar que uma mulher mandasse na minha vida desse jeito. Imagine só: chegou a me dar um ultimato. Falou bem assim: "Ou ela ou eu!"

— Foi aí que o senhor escolheu a Tânia?

— Não. Apenas lembrei com firmeza a Susana que não sou homem de admitir ultimatos. Não decido sob pressão. E que ela estava se arriscando a fazer a maior besteira da vida dela, se insistisse com aquilo. Repeti, como já tinha feito mil vezes, que o que estava acontecendo podia não ser uma aventura (porque afinal eu respeitava a Tânia, que era uma boa moça), mas com toda certeza era só uma coisa passageira. Se a Susana tivesse fechado os olhos, eu não ia embora.

Até hoje eu tenho certeza disso. Mas ela não teve essa sabedoria. No fundo, acho que ela estava era com raiva e não conseguia mais se controlar. Perdeu a noção do limite. E partiu para a ameaça.

— Ameaçou de quê?

— Disse que se eu fosse passar a noite com a Tânia, não precisava voltar. Que nem tentasse, porque ela não ia me deixar entrar em casa. Trocava a fechadura e deixava as malas com minhas roupas do lado de fora.

— O senhor cedeu?

— De jeito nenhum! Não faltava mais nada. Fui firme. Lembrei a ela que a casa era minha, eu é que a sustentava, pagava todas as contas, e ia entrar de qualquer jeito. Nem que tivesse que arrombar ou chamar a polícia.

— Qual foi a reação dela?

— Disse que, então, quem ia embora era ela.

— E foi?

— Eu tinha certeza de que ela não ia. Mas, pela primeira vez na minha vida, me enganei com a Susana. Quando voltei, no dia seguinte, a casa estava vazia. Só tinha um bilhetinho, dizendo que ela tinha viajado para o Rio e estava em casa da Antônia. Fiquei firme, não corri atrás, não telefonei pedindo que voltasse. Para quê? Para ela me estabelecer condições para a volta? Também não pedi desculpas. Era isso mesmo o que ela queria: fazer com que eu me sentisse culpado. Esse gostinho eu não ia dar. Ela não podia ficar indefinidamente com a Antônia, ia ter que voltar. Aí a gente conversava.

— Como foi essa conversa quando ela voltou?

— Aí é que foi o problema: ela não voltou! Foi ficando um tempo em casa de cada filho. Nesse tempo, até a Carlinha já tinha saído de casa, estava trabalhando em São Paulo. E com a filharada que a gente tinha, a Susana foi revezando — pegava as malas e se mudava da casa de um para a de outro. Ficaram todos do lado dela. Foi o que mais me doeu.

— Brigaram com o senhor?

— Não, brigar mesmo, não brigaram. Vinham conversar comigo, preocupados, arrasados, querendo aproximar a gente, mas tomavam as dores dela. Mesmo quando ouviam meu lado da história e não me agrediam, mesmo quando eu achava que entendiam minhas razões, eu percebia que no fundo estavam com ela. Até quando não me acusavam de nada, e dava para ver que respeitavam meus motivos, como o Fred e a Martinha conseguiram ver. Na verdade, apesar das críticas, de um modo geral foram até carinhosos comigo, alguns muito, como a Carla e a Antônia — mas não conseguiam esconder a reprovação.

— E depois disso, o que houve? A Tânia foi morar na mansão do lago com o senhor?

— De jeito nenhum! Sou um homem de bem, não sou um irresponsável. Eu não podia fazer uma coisa dessas, está pensando o quê? Era a casa da nossa família, resultado de muito sacrifício conjunto, lugar onde criamos os filhos. Eu não ia botar outra mulher lá dentro. Então arrumei duas malas com minhas roupas e levei para a casa da Tânia. E mandei recado para a Susana, dizendo que podia voltar, que eu já tinha saído. Parece que ela nem veio logo. Mas depois andou se aconselhando com alguém, disseram que, pela lei, haveria o risco de eventualmente ela ser acusada de abandono do lar e perder seus direitos. Ainda mais porque a Tânia a essa altura já tinha se formado, era advogada, e competente — conhecia bem essas coisas de direito de família. Então a Susana resolveu voltar para casa. Quem nunca mais voltou fui eu.

— Nem pensou em voltar?

— Nunca deixei de pensar nisso. Mas a vida prega peças na gente... Eu estava convencido de que aquilo tudo não passava de um episódio passageiro, uma coisa que todo homem vive de vez em quando e a gente sabe que vai embora do mesmo jeito que veio. Feito criança que tem catapora. O único problema era que a Susana tinha ficado sabendo. Se não tivesse sabido, eu podia ter levado adiante até se esgotar. Mas, em minha opinião, ela estava fazendo uma tempestade em copo d'água. Eu era capaz de apostar qualquer coisa como em pouco tempo estaria outra vez em casa, ao lado da mulher que tinha escolhido para toda a vida, reunindo os filhos e netos em volta da gente no Natal e nos aniversários... Achava que, na hora em que aquele fogo pela Tânia diminuísse, eu conversava com a Susana, a gente saía para fazer uma viagem comprida, só nós dois, e começava uma fase nova na vida. Mas aí a Tânia engravidou...

— O senhor sentiu que caiu numa armadilha?

— De jeito nenhum! Está insinuando o quê? Que sou um otário? Ou que a Tânia é uma calculista sem caráter? Não admito uma coisa dessas...

— Desculpe, me expressei mal. Não estou insinuando nada disso. Estou falando só por falar, numa "ironia da vida", "armadilha do destino", essas coisas que geralmente se diz. O senhor mesmo disse que a vida lhe pregou uma peça.

— Bom, nesse sentido, pode ser. No começo, quando a Tânia deu a notícia, me senti meio encurralado, preso. Com aquela eu não contava. Mas também fiquei contente, orgulhoso — não era qualquer um na minha idade que podia comprovar para o mundo que estava em forma dessa maneira... O nascimento do Júnior não foi uma coisa planejada, aconteceu. A Tânia era muito jovem, sem experiência...

— Uma advogada competente? Profunda conhecedora de direito de família?

— Não estou me referindo ao aspecto profissional. Estou falando de experiência de vida. O fato é que ela se atrapalhou e não tomou os cuidados que devia... E eu sou um homem de bem, responsável. Nunca ia deixá-la na mão numa situação dessas. Nem abandonar a criança.

— Foi por isso que partiu para o divórcio?

— Nem desconfiava...

— Como assim? Nem desconfiava de quê? De que ia se divorciar?

— E quem falou em divórcio? Eu estava pensando em como Deus faz as coisas bem-feitas, mesmo quando não parece. Mas naquele momento eu nem desconfiava que aquela criança ia ser uma bênção na minha vida, a alegria da minha velhice. Que eu ainda ia viver bastante para ver o Júnior entrando na universidade. E que ele é que ia ser meu grande amigo no futuro, meu companheiro de todas as horas, até mesmo aqui nesta cama de hospital. Ele vem me fazer companhia toda vez que tem uma brecha de tempo. Fica aqui, conversa comigo, segura minha mão, me ajuda a agüentar isso tudo o que estou passando... É muita dor, sabe? Um sofrimento atroz... Parece frase de livro, mas estou vendo que existe mesmo.

— Desculpe... Estou cansando o senhor. Quer que eu vá embora agora ou espere o Júnior chegar?

— Não, não vá... Quero só que segure minha mão e continue me fazendo perguntas. Ajuda a distrair. E é muito bom lembrar. Quero deixar tudo em ordem dentro da minha cabeça.

— Então vamos falar de coisas alegres. Qual sua maior alegria?

— Tantos filhos e nenhum patife...

— E outras alegrias?

— A vida com a Susana. Quero falar mais nisso. Continue perguntando.

— Bom, então vou continuar de onde parei. O senhor só resolveu se divorciar da D. Susana por causa do Júnior?

— Claro! Eu não sou um moleque irresponsável. Assumo as conseqüências dos meus atos. Tinha que garantir o futuro do bebê... Uma criança gerada por um homem da minha idade, que muito provavelmente não ia estar por perto para assegurar sua educação... Precisava garantir tudo, para que meu filho tivesse um patrimônio em seu nome. E tinha que ser cuidadoso, legalizar tudo. Deixei metade dos bens com a Susana e os filhos, e levei a outra metade para a nova família, fui logo passando tudo para o nome do Júnior e da Tânia. Tudo certinho, correto e justo.

— ...

— Não ouvi bem. O que foi que você disse?

— Nada. Sem comentários.

— Então se acabaram as perguntas...

— Quase. Só mais uma coisinha. No decorrer desta nossa conversa, o senhor disse que se arrependia, que podia ter ficado com D. Susana a vida toda, que ela era a mulher da sua vida... Acha mesmo isso?

— Mais do que nunca. O amor da minha vida.

— O senhor chegou a dizer isso a ela?

— Diretamente, não. Esse gostinho eu não podia dar. Mas repeti tantas vezes, em conversa com os nossos filhos, que tenho a esperança de que algum deles tenha dito a ela. Na verdade, eu até disse. Mas acho que ela não chegou a ouvir. Foi bem no final, quando ela estava no hospital, no CTI, e eu fui me despedir dela. Falei muito, falei tudo, nesse dia até chorei. Mas ela estava de olhos fechados...

— Então ela morreu sem saber?

— Não sei. Mas acho que sabia, sim. O que nos ligava era um vínculo muito forte, sabe? A gente adivinhava os pensamentos um do outro, conhecia os sentimentos por dentro. Ela nunca precisou me dizer, mas eu sei que ela me perdoou, me entendeu e me amou até o fim. E eu também. A gente se desencontrou, se separou, mas é dela que eu tenho saudades hoje, é ela que eu às vezes tenho esperança de encontrar, com meus pais e meus irmãos, quando de vez em quando penso que talvez exista alguma coisa assim do outro lado. Quando vai chegando a hora de morrer, a gente pensa muito na eternidade, sabe?

— Imagino que sim.

— E pode até dizer essas coisas meio piegas. A gente olha para trás, passa tudo em revista, vê que não era mesmo possível ser feliz para sempre. Não existe felicidade eterna. Mas desconfio que a única coisa eterna da minha vida foi mesmo o amor. Por Susana e pelos meus filhos. Isso é para sempre.

6

Pélias usurpou o trono do irmão. Um oráculo o advertiu para que se precavesse contra um homem que estivesse descalço em um único pé. Muitos anos depois, chegou um dia à cidade um jovem que tinha sido criado por um centauro. Vestia uma pele de pantera, trazia uma lança em cada mão e calçava apenas uma sandália. Apresentou-se ao usurpador como seu sobrinho Jasão e pleiteou o trono. Com medo da profecia, Pélias achou melhor não enfrentá-lo, mas tratou de se livrar dele, mandando-o para longe, numa situação de muito perigo. Prometeu entregar-lhe o governo, desde que ele conseguisse recuperar o Velocino de Ouro — a pele de um carneiro maravilhoso que realizara feitos prodigiosos e depois fora consagrado a Ares, o deus da guerra, sendo guardado dia e noite na Cólquida por um dragão feroz e invencível.

Jasão organizou uma expedição reforçada para tentar desempenhar sua missão. Reuniu os mais valentes guerreiros e heróis de seu tempo a bordo de uma nau fantástica, o Argo. Esses argonautas enfrentaram vários perigos, até que finalmente chegaram à Cólquida, onde as dificuldades para vencer o dragão se revelaram in-

transponíveis e eles estiveram a ponto de admitir que sua missão não poderia ter êxito. Primeiro, Jasão deveria domar dois touros selvagens que lançavam fogo pelas ventas e fazê-los arar um campo consagrado a Marte. Depois, deveria semear esse campo com dentes de dragão. De cada dente, brotaria um guerreiro fortemente armado, formando um terrível exército que Jasão precisaria derrotar sozinho. Finalmente, o herói teria que dominar o dragão que montava guarda junto ao Velocino de Ouro.

Foi aí que entrou em cena Medéia, filha do rei da Cólquida, sabedora de segredos e mistérios, conhecida como feiticeira. Medéia se apaixonou por Jasão. Ele também se encantou com ela e jurou diante de um altar que ficariam juntos para sempre se ela o ajudasse a conquistar o Velocino de Ouro. Medéia fez muito mais que isso. Orientou-o com conselhos e segredos, auxiliou-o com seus sortilégios a dominar os touros e arar o campo, deu-lhe uma pedra mágica que, lançada no meio do exército que brotava, fez com que os guerreiros lutassem entre si até morrerem todos, sem que Jasão precisasse enfrentar um único deles. Depois, levou-o até onde se guardava a maravilhosa pele de carneiro. Lá chegando, usou seus poderes extraordinários para adormecer o dragão graças a uma poção encantada. Conquistado o Velocino de Ouro, os argonautas ainda ti-

nham que enfrentar os exércitos do rei. Novamente a paixão de Medéia pelo herói foi fundamental para o bom êxito de sua missão. Para ajudar o amado, ela não hesitou em trair seu próprio pai, fazer o irmão de refém e até mesmo matá-lo, de modo a poder garantir a fuga dos argonautas. Embarcou com eles no Argo, e, depois que chegaram a um reino vizinho, casou com Jasão.

Quando os argonautas regressaram ao reino de Pélias, este não quis dar o trono a Jasão. Mais uma vez, Medéia recorreu a seus poderes secretos. Utilizou umas ervas e muita astúcia e conseguiu matar o usurpador. Mas o filho de Pélias não estava disposto a entregar o poder, e expulsou do reino Jasão e Medéia, que foram viver em Corinto com os filhos. Lá, como Jasão aceitara o exílio, ela achou que não teria mais inimigos a enfrentar. Os dois podiam sossegar e cuidar da família que crescia. E durante algum tempo, assim viveram.

Um dia, porém, Creonte, o rei da cidade, decidiu apoiar o casamento de sua filha Creusa com Jasão. Para isso, resolveu expulsar Medéia de Corinto. Jasão não reagiu e parecia até bem disposto a fazer a troca, repudiando a mãe de seus filhos para ficar com uma esposa mais jovem e filha do rei local. Quando percebeu que não podia contar com o herói, Medéia se desesperou e resolveu se vingar: impregnou de veneno um vestido e uns enfeites e os mandou para a rival. Assim que os vestiu, Creusa foi envolvida por misteriosas chamas que a consumiram e também liquidaram Creonte, quando este quis ajudar a filha.

Depois, enlouquecida de dor, vendo que Jasão a traíra e não correspondia mais a seu amor, Medéia se entregou tragicamente ao desespero: matou os filhos e foi embora, deixando Jasão para sempre — sozinho, sem mulher e sem filhos.

Bom, havia muito mais detalhes, versões diferentes, e até variantes nos nomes — como chamar Creusa de Glauce. Mas não era preciso descer a minúcias. Provavelmente esse resumo bastaria.

Se a intenção de Antônia fosse chamar a atenção para as peripécias dos argonautas e seus feitos heróicos, teria que contar todas as aventuras da viagem. Se pretendesse discutir a legitimidade do poder e a usurpação, daria maior ênfase aos temas ligados à posse do trono e à necessidade de se fazer justiça por meio da recuperação do Velocino de Ouro, explicando a origem da pele de carneiro e o porquê de ela estar na Cólquida. Podia também debater o sentido da fatalidade entre os gregos, esmiuçando a função dos inúmeros oráculos e o papel importante que as deusas Hera e Atena desempenhavam nessa história, ao guiarem os passos de Jasão e pedirem a Afrodite que fizesse Medéia se apaixonar cegamente por ele, a fim de que a sua missão pudesse chegar a bom termo. Podia até lembrar como a determinação e a coragem de Medéia despertaram tamanha admiração no próprio Zeus, que o deus supremo do Olimpo acabou se apaixonando por ela, que o recusou, assim conseguindo que a sempre ciumenta Hera, então agradecida, tornasse seus filhos imortais. As fontes e versões desse ciclo de lendas são inúmeras e parecem se embaraçar num emaranhado de novelos.

Mas, para o objetivo de suas aulas, Antônia não estava diretamente interessada nesses desvios. Pretendia apenas começar a falar aos alunos sobre a permanência dos mitos. Aproveitando que Chico Buarque e Paulo Pontes partiram da história de Jasão e Medéia em uma peça teatral que estava em cartaz, levaria os alunos para assistir *Gota d'água*. Não precisariam ler Eurípedes nem Sêneca nem Corneille a esta altura. Bastaria um bom resumo dos principais pontos da história.

No entanto, para enfatizar a situação trágica além da visão épica, e para de alguma forma ligar esse primeiro contato com o relato da mitologia às concepções de amor que vinham discutindo em classe, Antônia, em seu resumo da história, fez questão de lançar uma luz especial sobre o sentimento amoroso. Afinal, se uma das hipóteses subjacentes a seu curso era justamente a teoria de que o amor é uma lenta e constante construção cultural da qual precisamos ter consciência, e se os mitos gregos marcaram de tal maneira toda a civilização ocidental, seria inconcebível que eles ficassem de fora das suas aulas, mesmo que o currículo não os pedisse de maneira explícita. Mais ainda, e mais difícil de fazer com que os pais de alunos aceitassem: ela insistia em trazer esses temas clássicos, em incorporar a seu curso histórias como a de Édipo ou Ulisses, mesmo que esse conhecimento jamais fosse ter importância utilitária na hora de um aluno fazer o vestibular. Agora, ia trazer essa lenda para debate em classe. É claro que, para os gregos, não fazia muito sentido a noção romântica de amor eterno, modernamente herdada por Hollywood. Por isso mesmo, a história de Jasão e Medéia podia levantar discussões éticas muito ricas sobre traição e lealdade amorosa, a partir de um ângulo totalmente distinto do costumeiro, que em geral apenas discute a fidelidade num triângulo.

Pensando e fazendo anotações num caderninho, depois de reler o resumo que tinha feito, Antônia foi interrompida pela comissária de bordo, que lhe trazia um lanche. Voltou ao presente. E ao passado recente — a dor da mãe que acabava de deixá-la no aeroporto de Brasília.

Já haviam transcorrido mais de dois anos da separação de Nelson e Susana. Mas enquanto o pai ia reconstruindo sua vida, o coração de Antônia sentia um aperto ao ver que a mãe continuava remoendo o sofrimento, mesmo que agora tentasse não falar mais a toda hora no assunto e conseguisse conter os súbitos surtos de lágrimas. Alguma coisa Susana aprendera nesse tempo de luto. Manifestava menos o que estava sentindo, escondia um pouco que seu coração era "um copo até aqui de mágoa", como falava a canção. Agora engolia o choro, como se pedia das crianças antigamente. Mais que isso. Ao engolir as lágrimas, incorporava também o fato real: tivera que engolir Tânia e a nova vida de Nelson. Mas não conseguia digerir. Talvez por isso estivesse ultimamente tendo tantos problemas de saúde no aparelho digestivo, que a sucessão de exames, tratamentos e cirurgias ainda não conseguira vencer.

No mito, o sofrimento do abandono vira desespero e se transforma em ação trágica: Medéia tem ao menos a satisfação de fazer alguma coisa, expressar o ódio, canalizá-lo para o crime. Sua dor é entranhada, de alguém que vê sua vida perder o sentido e sai implodindo tudo, de um jeito horrivelmente radical, que ninguém pode imitar nem consolar — nem mesmo entender com solidariedade. Obscuro enigma. Na vida real e moderna, entre pessoas que domesticaram as emoções primitivas porque se querem educadas e civilizadas, o caminho que resta ao sofrimento da rejeição é ser lentamente purgado em impotência, vivido como luto da perda, entregue ao tempo. Na esperança de que o tempo aja logo, de que a traição deixe de clamar por justiça, de que o amor afinal não seja eterno e não resista tanto assim, de que a dor seja aplacada ou capaz de se transformar simbolicamente em qualquer outra coisa mais suportável, antes que só lhe reste virar doença fatal. E razoavelmente rápido, sobretudo no caso de uma mulher, antes que vire um estigma público e quem sofre ainda tenha que levar a pecha de "rejeitada" ou "mal-amada", ou ser acusada de estar somatizando histericamente. O coro em volta esquece como ajudou a construir a idéia do amor eterno e, em presença da dor, logo rejeita e ridiculariza aquelas sugestões de eternidade. Passa a esperar que o tempo trabalhe rápido, coisa que não é do costume de Cronos, mais afeito a situações crônicas. E cada amante rejeitado tem que fazer do coração tripas e descobrir sozinho um jeito de se purgar e expelir o que antes o alimentava. Desta vez, sem a ajuda dos poetas românticos, tão fecundos na hora das promessas de eternidade, em versos da antologia escolar ainda presentes na memória de Susana:

Se eu de ti me esquecer, nem uma lágrima
Caia sobre o sepulcro em que eu jazer;
Por todos esquecido viva e morra,
Se eu de ti me esquecer.

O próprio Machado de Assis, sempre tão celebrado por sua lucidez tingida por um certo ceticismo irônico, deixara de lado todas essas possíveis sugestões de modernidade e prometeu solenemente, na hora do noivado:

Pelas ondas do tempo arrebatado,
Até a morte iremos.
Soltos ao longo do baixel da vida
Os esquecidos remos.
Firmes, entre o fragor da tempestade,
Gozaremos o bem que amor encerra;
Passaremos assim do sol da terra
Ao sol da eternidade.

Não, não era nos poetas que Susana devia buscar consolo. Não encontraria. Voluvelmente, estavam sempre celebrando os amores novos. Para achar algum conforto, ela teve que contar apenas com a ação do tempo, as distrações na vida miúda de todo dia, o trabalho da casa, as eventuais brincadeiras com um neto, os canteiros da horta.

Nessa visita recente — tão curta! —, Antônia gostara de ver a mãe animada com o jardim, falando de mudas e podas com entusiasmo, sonhando com promessas de botões e celebrando florações incipientes. Pensou até em dar um gato a Susana, já que um cachorro brincalhão estragaria os canteiros. Mas, com toda a certeza, a companhia de um animal seria benéfica.

No entanto, por outro lado, apesar dessa atmosfera geral algo distendida e bucólica, bem mais leve do que o clima pesado de visitas anteriores, a moça desconfiava que a mãe nunca conseguiria deixar aquela perda totalmente para trás. Percebia-se que aquela dor desmedida — ou sob medida apenas para o amor que se acreditara para sempre leal, infinito e eterno — continuava viva, latejava pulsante, num processo de transformação cruel, que corria o risco de se voltar para a destruição de si mesma.

Como filha, Antônia intuía o perigo latente, ameaçando a mãe intimamente, a cada momento em que a memória materna de um momento feliz e doce, ao lembrar toda uma vida de terna construção a dois, se apresentava em retrospecto como um deboche agressivo, um inimigo que espezinhava.

Esse processo não podia acabar bem.

Antônia se preocupava. Pressentia na doença da mãe a interiorização de tudo o que Susana não conseguira digerir e a levaria à morte. Não o ciúme de Tânia ou a inveja da juventude da rival. Nem mesmo saudade — como Medéia poderia sentir saudade de alguém como Jasão? Um aparente herói que se revela covarde, imediatista e mentiroso? Ia ser preciso outro nome para esse sentimento — não saudade. Era uma dor de outra espécie. Cada instante de lembrança se revelava como um presságio não entendido do horror que estava sendo gestado e não foi suspeitado, dentro daquele tempo recordado como feliz. Um atestado de estupidez. Trazendo vergonha do amor antes sentido. Ciúme e saudade não são mortais. Fatal é não ter como reagir frente à ruptura do contrato moral em torno do qual se construiu, a dois e aos poucos, toda a existência. É se ver impotente diante da perda do sentido dado à vida. É ter que engolir calada e tratar de assimilar a falta de chão trazida pela perda de confiança.

Antônia percebia em linhas gerais que esse era o processo pelo qual a mãe estava passando. Nem dormira bem, de tanto pensar na situação. E também em Daniel, admitia. Ficara muito impressionada com ele, queria vê-lo mais vezes. Um homem que a atraía muito e lhe trazia a vontade de ficar perto para conhecê-lo mais. Mas era melhor ter cuidado e pisar no freio enquanto havia tempo. Não ia se meter numa história daquelas — tinha perfeita clareza de que não queria se deixar enredar e era capaz de se conter.

Nada impedia, porém, que se encontrassem profissionalmente.

Na mesma pasta em que Antônia guardava a sinopse sobre Jasão e Medéia e as anotações para a aula, estava o roteiro-piloto do tal programa que Daniel deixara com ela. Bem interessante. A moça tinha que admitir que era muito sedutora a idéia dele, de que ela passasse a ter um quadro regular no programa, para falar em literatura e mostrar como os fatos da atualidade podiam se relacionar com elementos da tradição literária. Era inteiramente inesperada essa possibilidade de ampliar o alcance das idéias que desenvolvia em seus cursos. Mas deixara Antônia animadíssima.

Daniel percebera esse entusiasmo quando foram discutir o projeto. E no outro encontro, quando ela concordou em jantarem juntos para uma dupla comemoração, a empolgação com a idéia ficou ainda mais nítida. Por ele, estavam festejando o fato de que a idéia da participação da moça no programa fora aprovada pelo Eduardo e agora iam começar a fazer testes. Ela acrescentava outra celebração: Daniel conseguira um estágio para o filho da Zezé na produção do programa, como técnico de som. Prova de como estava querendo agradar Antônia.

— Eu gosto muito da Zezé, sabe? — explicava ela, logo depois do impulso de dar um beijo e um abraço em Daniel quando ele lhe dera a notícia. — É uma pessoa de bem, que enfrentou muitas dificuldades na vida. O marido era jogador, perdeu no carteado o pouco que tinham (uma casinha mínima numa vila em Santa Teresa), deu para beber, ficou doente e morreu. Tudo em pouco tempo. Ela de repente se viu viúva, sem casa, com três filhos pequenos para criar, uma escadinha... Lutou muito, conseguiu que todos estudassem, mas passa uma dureza incrível. Agora, com o garoto começando a trabalhar, as coisas podem melhorar um pouco.

— Não é um emprego, Antônia — lembrou Daniel. — É só um estágio. Por pouco tempo e com pouca grana.

— Mas você não disse que, se der certo, ele pode ser contratado? Vai dar... Ele é um ótimo menino. E a Zezé merece...

Continuou elogiando a ex-empregada. Daniel perguntou:

— Como é que uma pessoa com tantas qualidades ficou assim sozinha? Não casou, não tem um companheiro que ajude?

— Ih, Daniel, nem fala nisso... não faltou quem quisesse, mesmo tendo que assumir três filhos. O dono da padaria fez de tudo para ir viver com ela. Nesse tempo a gente ainda morava em Santa Teresa, o cara foi lá em casa, botou até meu pai no meio, para tentar convencer a Zezé. Mas não adianta. Ela diz que é mulher de um homem só. Que, depois do Ewerton, não consegue gostar de mais ninguém...

— Amor eterno? — brincou Daniel.

— Amor mais forte que a morte, pelo menos — corrigiu ela.

— Como Tristão e Isolda... — lembrou ele. — Posso não entender de literatura a fundo, mas a história desses dois eu conheço. Adoro ópera.

Cantarolou a melodia de uma ária de Wagner. Começaram a falar de amor. Rindo, brincando. Estavam felizes, festejando, se presenteando com sedução e alegria. Acabaram indo para a cama. Descobriram-se feitos na medida um do outro. Tão bom que Antônia ficou com medo. Percebeu que, daquele jeito, não ia conseguir fugir dele. Já estava apaixonada. E como não queria mesmo voltar a namorar homem casado, ligou para ele no dia seguinte e disse que tinha resolvido não participar mais do programa na televisão. Assim não teria mais que encontrá-lo.

Foi além — disse a verdade. Com uma franqueza que a teria surpreendido se não correspondesse a uma decisão racional anterior: tinha adorado estar com ele, estava morrendo de vontade de repetir e sentia que era capaz de fazer isso muitas vezes (só não disse "para sempre" para não se sentir ridícula nem assustá-lo). Mas, naquelas circunstâncias, não queria. E ponto final. Estava decidida.

Não adiantou Daniel insistir. Ela se trancou. Quando era possível, nem atendia mais aos telefonemas dele. Quando não tinha jeito, ficava firme no "não".

— Mas não tem nada de mais, é só para discutir o projeto... — bem que ele tentou teimar.

— Já disse que não estou mais nesse projeto. Desculpe, Daniel, não é que eu não queira...

Era difícil resistir, mas conseguiu. Concentrou tanto seu esforço nessa intenção, que na certa baixou a resistência física a algum vírus. Ficou gripada, afônica. De verdade, mal podia falar no telefone.

Ele mandou flores com um bilhetinho. Depois, foi visitá-la. Antônia gostou, e não escondeu sua alegria. Mas não aceitou transformar esse encontro em ponto de partida para outros. Ficou firme. Esgueirou-se como pôde durante dois meses.

Depois disso, ele telefonou uma noite dizendo que tinha finalmente se separado e acabava de sair de casa. Estava ligando para Antônia de um telefone público perto do edifício dela, com uma maleta de roupas e a máquina de escrever apoiadas na calçada. Tudo o que trazia de palpável para uma vida nova.

Antônia não o recebeu em casa, aconselhou um hotel. Mas foi encontrá-lo bem mais tarde num bar. Ele já tinha tomado algumas vodcas, estava mal, triste, deprimido. Ela entendia — lembrava de quando se separara do Cláudio. Ouviu com atenção o que Daniel dizia, depois o ajudou a ir embora. Na rua, ele acabou vomitando em cima dela. Chegaram ao hotel sujos e cheirando mal, a caminho de chuveiro e cama. Quando o dia ia amanhecendo, a claridade entrou pela janela aberta. Antônia resmungou, cobriu os olhos com um braço e se preparou para dormir de novo. Daniel levantou e fechou a cortina, atento às menores frestas. Quando ele voltou para a cama, se abraçaram. Aninhados um no outro. Um casulo.

Não precisaram falar. Ia ser sempre assim. Nunca mais ele deixaria que nada de ruim acontecesse a ela. Nunca mais ela deixaria de ouvi-lo com ternura e limpar os efeitos dos seus excessos. Era muito claro o que estava acontecendo. Estavam juntos para muito mais do que uma transinha provisória ou um envolvimento passageiro. Não sabiam ainda que tipo de vida iam levar. Mas intuíam, desde o começo, que aquilo não era fugaz. Um cuidaria do outro com todo o amor. E amor não é efêmero. É para sempre.

Demorou muito tempo até resolverem viver juntos. Cada um cultivava sua independência, e ambos sabiam que precisavam de um espaço próprio, sem interferências excessivas.

Mas gostavam das doçuras da intimidade, dos afagos de passagem na cozinha, das risadas gostosas por qualquer coisa. Um aconchego bom, de abraço e ninho. Ainda mais porque isso se construía em cima de um alicerce sólido de afinidades, cimentado por uma forte argamassa de tesão permanente e enlouquecido, brincalhão e guloso. Chegavam atrasados em todo canto, porque não resistiam a se ver arrumados e lindos — caíam na cama na hora de sair de casa. Saíam cedo dos lugares e das rodas de amigos, para voltar logo para casa porque achavam o mundo inteiro supérfluo — e já vinham se agarrando pelo carro, enfiando mãos por dentro de roupas, se beijando e cheirando. Deitados, em pé, sentados, de quatro, ela sentada num móvel e ele em pé, no chuveiro, na banheira, no tapete, na escada, era uma só fome, uma vontade de puxar o outro para junto até não haver mais dois corpos, depurados em uma só carne quente e suada envolta em cheiros fortes e sons arfantes. Vozes mornas lambendo ouvidos. Dedos deslizando. Química de pele, magnetismo de hormônios, sede um do outro.

E ainda por cima, tinham assunto que não acabava mais. Conversas intermináveis, que não se esgotavam. Sobre toda e qualquer coisa. A notícia do jornal, a situação política do país, a paisagem da cidade, as leituras, o trabalho, o sonho da noite anterior, o medo absurdo, os problemas com a família, as histórias de infância, o relato de cada cicatriz de corpo e alma, os planos profissionais, as fantasias de futuro, os comentários sobre a vida dos outros, a evocação dos amigos distantes, as lembranças de viagens. O tudo e o nada.

Uma coisa pra valer. Muito além da paixão que também havia, mas que um dia ia acabar, como acabam todas. Mais que apenas tesão passageiro e namoro fugaz. Um convite para a vida inteira. Como na canção:

E se mais que minha namorada
você quer ser minha amada,
minha amada mas amada pra valer
aquela amada
pelo amor predestinada
sem a qual a vida é nada
sem a qual se quer morrer
você tem que vir comigo em meu caminho
e talvez o meu caminho
seja triste pra você
os seus olhos têm que ser só dos meus olhos
os seus braços o meu ninho
no silêncio de depois
e você tem que ser a estrela derradeira
minha amiga e companheira
no infinito de nós dois.

— Esse Vinicius sabia das coisas... — comentou Daniel, acabando de ouvir a música que vinha do rádio. — É isso mesmo: "estrela derradeira, minha amiga e companheira".

Mesmo com o risco de quebrar o clima, a professora de literatura não resistiu:

— É, mas o próprio Vinicius avisou: "*Que não seja imortal, posto que é chama/ Mas que seja infinito enquanto dure.*"

— Vai durar, vai durar muito. Eu sinto.

Ela também sentia.

Apesar disso tudo, viveram um bom tempo em casas separadas. Estavam bem assim, com autonomia respeitada e sem controle possessivo. Com certeza, jamais teriam resolvido viver o tempo todo sob o mesmo teto se não tivessem decidido ter um filho. Mas queriam uma criança, e muito. Planejadíssima. Foram a médicos, ela tirou o DIU, começaram a tentar engravidar. O tal tesão guloso adquiriu um gosto novo, encarnando uma fome maior, de perpetuação no tempo, de aposta na eternidade: os dois juntos para sempre na mistura de carne, sangue, gens. Com a gravidez, cada um se desfez do seu apartamento e partiram para uma só casa. Própria. Comprada em conjunto por uma conta comum em que nenhum dos dois se preocupou em registrar com quanto cada um estava contribuindo. Como passou a ser sempre sua vida a partir daí. Sem precisar de papel.

Quando Manuela nasceu e Daniel assistiu ao parto, entenderam o que pode ser uma dimensão infinita e ilimitada do amor. Logo amaram aquela criança, em qualquer condição. Por toda a vida iam lembrar de seu nascimento. Ele guardaria na memória o sorriso enternecido de Antônia no rosto suado pelo esforço, enquanto segurava a filha pela primeira vez. Ela jamais esqueceria o brilho dos olhos de Daniel, mal aparecendo por cima da máscara verde do hospital, algo assustados e turvos de lágrimas, refletindo seu próprio corpo naquela posição grotesca. Depois, no quarto, ao abraçarem a filha, a mãozinha da menina se fechou ao mesmo tempo em torno de dois dedos grandes, do pai e da mãe, e esse anel vivo ficou para sempre como a aliança que nunca usaram. Não precisavam. Eram aliados. Amantes apaixonados, sim. Mas também amigos incondicionais, sócios, parceiros, cúmplices. Uma farta provisão de amor para quando o tempo passasse, o tesão se desgastasse, a paixão se transformasse.

A pequena Manuela foi carinhosamente embalada por pai e mãe ao som de *Ciranda, cirandinha* e outras cantigas do folclore infantil.

O anel que tu me deste
era vidro e se quebrou,
o amor que tu me tinhas
era pouco e se acabou.

Mas naquela casa, aquele trio de pessoas nunca sentiu que o amor fosse pouco. Logo, nunca achou que fosse se acabar. A canção que cada um trazia como hino inconsciente era outra e falava loucamente de amor eterno:

Eu sei que vou te amar
Por toda a minha vida eu vou te amar
Em cada despedida eu vou te amar
Desesperadamente
Eu sei que vou te amar
E cada verso meu será pra te dizer
Que eu sei que vou te amar
Por toda a minha vida.

Durou muito mesmo. Só não foi eterno para Daniel e Antônia porque a vida durou mais. Não conheceram a viuvez precoce, garantia de tantos amores eternos. Como o de Romeu e Julieta, o de Tristão e Isolda, ou o de Eurídice e Orfeu, o amante capaz de descer aos infernos para arrancar a amada do reino dos mortos, mas incapaz de depois disso seguir adiante sem olhar para trás.

7

Daniel e Antônia tiveram uma história feliz e duradoura, resistente a uns vinte anos de cotidiano, essa sucessão de átomos de eternidade que tem derrubado tantos casais menos (ou mais?) afortunados. Como todo mundo, tiveram seus altos e baixos, enfrentaram dificuldades financeiras e de saúde, atravessaram momentos muito difíceis.

A morte passou por perto, num acidente grave com Antônia, e essa experiência os marcou para sempre. Pronto-socorro, cirurgias, transfusões de sangue, UTI, longa convalescença, fisioterapia, lenta recuperação. Sem saber rezar direito, cada um se surpreendeu em loucas orações, propondo negociações absurdas a um Deus escondido, qualquer coisa em troca de mais um tempo de vida. Ela somou a seu amor por Daniel uma medida de gratidão, pelo fervor que sentia na dedicação do companheiro. E uma mudança no peso que dava a certas coisas, ficando ao mesmo tempo menos e mais sensível a miudezas, mais disposta a relevar deslizes, menos propensa a desperdiçar tempo de vida no que não achasse prioritário. Ele vivenciou como um pesadelo o terror de perdê-la, de ter de seguir adiante sem ela, e tratou de se preparar emocionalmente para a eventual travessia desse deserto, forçando-se a aprender a imaginar uma vida em que ela não existisse mais.

Mas chegaram juntos ao outro lado. Tocados pela certeza da fragilidade, pela vizinhança da morte, pelo medo do fim. Cada um buscando no fundo de si mesmo os recursos insuspeitados aos quais teria que recorrer sozinho para se acostumar a conviver com o ancestral pavor do escuro e seguir em frente, depois de passar pelo olho do furacão. Transformados. Agora sabendo o que o homem primitivo sempre soube: que há perigos gelados à espreita e eles podem atacar em qualquer lugar e momento. E que era preciso ir adiante. Lado a lado, um contando apenas com o outro, fiéis à promessa não escrita de solidariedade e lealdade. Fiéis, sobretudo, ao sentimento que os ligava de maneira inequívoca.

Pode chamar de amor. Tem muita gente que chama.

Profissionalmente, também, as coisas se transformavam. Durante um bom tempo, ele fez muito sucesso. Mas ela não se adaptou à televisão, desistiu, logo depois dos primeiros tempos, daquele quadro especial no programa dele. De alguma forma, porém, a experiência lhe deu alguma confiança em si mesma. E lhe garantiu um certo nome em seu meio profissional. Foi sendo chamada para participar em algumas coisas interessantes — uma mesa-redonda, um congresso, uma comissão para decidir novas propostas na área do ensino. Na redemocratização do país, foi muito solicitada nos meios pedagógicos, por suas idéias renovadoras e seu entusiasmo. Floresceu e se expandiu no seu nicho discreto, enquanto Daniel cumpria todo o trajeto do êxito: entrevistas, fotografias, abordagem na rua, pedidos de autógrafos. E muitas, muitas mulheres disponíveis se oferecendo o tempo todo, na frente de Antônia ou pelas costas. *Faz parte do meu show*, tinha cantado Cazuza. Ela entendia que era assim. Daniel era lindo, famoso, se expunha na televisão... era como mel para moscas numa sociedade que cultua esse tipo de coisa. Enquanto ela sentisse que ele a amava e respeitava — como não tinha dúvida alguma de que era o caso —, podia até sentir algum ciúme de vez em quando ou se irritar ao ser invadida, mas não se deixava abalar. Ele também, quando a via sedutora e atraente no meio daqueles intelectuais todos, cheios de lábia, podia até ficar meio espicaçado e reclamar. Mas não temia perdê-la. Sabia que Antônia era o amor de sua vida, a mulher que o completava e preenchia. Não tinha qualquer dúvida a respeito.

Mas seu pênis tinha. Ou começou a ter, meio de repente, e num momento já por si só bastante difícil.

Bem quando Daniel, às voltas com calvície galopante, excesso de peso e um inesperado problema nos dentes, perdeu o último programa em que sua imagem ainda era exibida semanalmente para todo o país — por coincidência na Cultural, aquele mesmo canal de televisão um tanto desprezado, onde ouvira Antônia pela primeira vez.

Nada de grave, a profissão é sujeita a isso, repetia para si mesmo o apresentador, como já se dissera dois anos antes, ao ser demitido da grande rede de tevê em que trabalhara por tantos anos, após colidir de frente com a direção do núcleo que tendia a desprezar toda a sua experiência em prol de um ex-modelo de cara bonita e corpo de atleta. Não fazia mal, eram as palavras diariamente reiteradas por Daniel a si mesmo, num mantra de autoconvencimento. Podia até ser uma sacudida na acomodação, uma nova oportunidade para tentar algo diferente, recomeçar em outra área. Um desafio empolgante... Não fazia mal, não fazia mal, não fazia mal...

Mas sempre preocupava, claro, uma mexida dessas sacode a vida de qualquer um, e a situação do país não estava muito favorável a procurar emprego. Ainda mais para quem se situava perto da virada dos cinqüenta anos, e num mercado tão competitivo, ligado à imagem... Com certeza, não era a hora ideal para o pênis resolver dar essas demonstrações de independência. Mas deu, que diabo! Ficou cheio de vontades próprias. E se recusava a obedecer quando Daniel queria que ele se comportasse de acordo com seus sentimentos verdadeiros, sobre os quais não tinha dúvidas, para com a companheira de tantos anos.

Não porque quisesse experimentar carne fresca aqui e ali — isso ele sempre quisera e nunca tinha atrapalhado coisa alguma. Mas de repente o desgraçado dera de ficar meio preguiçoso com Antônia, em sereno aconchego de ternura, quase vegetariano, e só se animar mesmo nas visitas ao açougue — como só alguém de gosto muito vulgar e sem papas na língua chamaria as constantes incursões pelas prateleiras refrigeradas, cheias de carne arrumadinha, limpa, embalada e bem iluminada, dos modernos supermercados, tão tentadores em sua estudada oferta ao consumo. Não, nada de mau gosto... Preferível não usar imagens tão pouco requintadas. Melhor recorrer aos poetas.

Mas, para essas situações, o diabo é que os poetas não preparam ninguém. Nem os filmes de Hollywood. Portanto, era óbvia a conclusão de qualquer um que fosse percebendo em seu corpo os sinais cotidianos desse drama ou tragédia: uma coisa dessas era uma desgraça única e vergonhosa, só ocorria com raríssimos homens, não devia acontecer com poetas, nem atores, nem diretores, nem roteiristas, nem romancistas... Ou com muitos poucos deles. Afinal, há tantos séculos tantos homens de gênio escrevem sobre os efeitos da paixão e exaltam o amor eterno, e nunca se viu um deles aludindo à interferência de prosaicos problemas nessa área. Talvez porque os problemas fossem mais sentidos pelas amadas do que pelos amadores. Estes, afinal, sempre podendo dispor do recurso socialmente aceito — ainda que, às vezes, escondido — de buscar mais adiante carne nova mais estimulante pelo simples fato de ter um tempero diferente.

Se fosse um leitor de repertório muito variado, Daniel até poderia conhecer um doloroso romance de Romain Gary (o último antes de seu suicídio) chamado *Além desse limite seu bilhete não vale mais*, que dava um novo e irônico sentido, na área erótica, a essa frase que vinha impressa em todos os tíquetes do metrô parisiense. Mas, no máximo, Daniel tinha lido era *O Sol também se levanta*, e nesse livro do Hemingway (outro escritor que se suicidou) a questão é um pouco desviada, já que o pênis não pode mesmo funcionar em obediência aos sentimentos do protagonista, mas por uma razão quase heróica: seu dono teve a virilidade afetada em conseqüência de um ferimento de guerra.

Em tempos de paz, não é isso o que costuma acontecer, como Antônia logo foi descobrindo em conversas com as amigas. O que ocorre é muito mais simples: ao contrário da mentira repetida há tanto tempo pelos poetas românticos (aliás, quase todos mortos aos vinte anos, no auge dos hormônios), e pela dobradinha Hollywood-publicidade (que descarta gente como quem joga papel no lixo), na vida real amor eterno não é sinônimo de paixão duradoura — no fundo, uma contradição em seus próprios termos. E não tem como ser confundido com cio eterno. Essa, sim, a origem do mal-entendido.

— Não há amor que resista à menopausa... — sentenciava uma tia, numa das visitas que Antônia fizera a Susana logo após a separação dos pais.

— Engano seu... — contestara Susana, apelando para a própria experiência, mas talvez também para sua longínqua formação de bióloga. — Pode resistir, sim. Não resiste é à andropausa, se o homem não entender o que está acontecendo.

Antônia jamais ouvira essa palavra e ficara meio espantada na ocasião. Agora, anos depois, se lembrava dela. Como se lembrava das circunstâncias daquela conversa, a mãe chorando, a tia contando o caso de uma amiga cujo marido a trocara pela babá dos netos. Uma moça simples, toda cheia de *sim, senhor* e com muita dificuldade para deixar de tratá-lo em público por *patrão*.

Agora era sua vez de viver a situação que, cada vez estava mais convencida, não era a exceção, mas a regra. Fruto da maior longevidade das pessoas hoje em dia. E da menor hipocrisia nos costumes, que antes escondia essas situações em vidas duplas ou divididas entre obrigação e culpa, matriz e filial.

Nas estantes, ao lado de inúmeros romances escritos por homens, que desde o século XIX celebravam o verdadeiro amor, incompatível com o casamento e só realizável na paixão do adultério, Antônia agora tinha também alguns livros bem recentes de antropologia, sintomaticamente escritos por mulheres, estudando a função social dos amantes na preservação do matrimônio monogâmico e descrevendo o peso da esposa chatinha e dependente frente à libertação trazida pela outra, esta sim, uma mulher sincera e livre.

O modismo era diferente, o ponto de vista mudara. Outros tempos. Os novos livros racionalizavam o apoio a uma situação que os velhos romances exaltavam emocionalmente mas que era criticada na sociedade, ainda que hipocritamente aceita na prática. Agora as coisas eram mais sinceras. Quem antes fora condenada, agora era exaltada. Quem tinha sido apenas objeto de compaixão passava a ser satanizada.

Antônia achava interessante esse novo ângulo de encarar as coisas, mas percebia também a tendência de substituir um estereótipo por outro, cair apenas num novo clichê que permitia rotular fácil. Até porque ela não seguia o modelo da esposa dependente e incapaz de evoluir, congelada num padrão acomodado desde o início do casamento. E de chatinha e incompetente não tinha nada, como o próprio marido fazia questão de lembrar a toda hora, ambos ainda plenamente sensíveis ao fascínio um do outro.

Conversou muito com Daniel sobre isso tudo. Ou quase tudo. Sobre a situação deles especificamente, e sobre as coisas em geral. Trocaram idéias sobre as novas possibilidades do casamento contemporâneo como um contrato reinventado e flexível, re-definido em negociações periódicas. Isso, sim, foi bastante debatido pelos dois. Daniel era um homem inteligente, corajoso, não ridicularizava uma análise racional nem zombava de se "discutir a relação". Mas sobre o pênis não se falava. Para não piorar as coisas, achavam ambos. Nessas coisas não se fala, porque aí mesmo é que estraga tudo.

Talvez devessem falar, pensava ela. Se conseguisse passar por cima da dor e arrumar suas idéias sobre o assunto... Mas que absurdo! E ela tinha que manifestar idéias sobre isso? Tinha era que ouvir Daniel, a dor dele devia ser bem maior, ele é que estava perdendo o controle sobre uma parte do seu corpo (que aliás, nunca é controlada), ela tinha apenas que estar ao seu lado, carinhosa, pronta para ouvir antes de dizer qualquer coisa. Manifestar sua preocupação e ternura, sua disposição para ajudar como pudesse. Mas a iniciativa para tocar no assunto devia ser dele. Era muito delicado. Qualquer coisa que ela dissesse podia ser vista como intromissão indevida, invasão. E acabar complicando as coisas ainda mais, deixando Daniel mais aflito e angustiado, a exigir de si mesmo o impossível em cobranças insensatas.

Ele, por sua vez, não tinha a menor vontade de falar nisso. Nem mesmo de pensar no assunto. Ter que se deparar com a situação quando menos esperava, isso já era demais. Não ia sair procurando encher de palavreado uma situação dolorosa e começar a enfeitar o pavão, como dizia o tal colega.

Talvez até não fosse nada disso. Quem sabe? Talvez ele não tivesse um problema nessa área, fosse tudo uma coisa natural que era preciso aceitar. Talvez estivesse mesmo apenas querendo viver o instante. Experimentar outra coisa. Farto de amarras duradouras. Já tinha ansiado por todos os quereres de eternidade: sendo pai, dispondo-se a descer aos infernos para arrancar a amada da morte quando Antônia teve o acidente anos antes, dedicando todas as horas de seus dias à construção de algo permanente e sólido, que ficasse para sempre. Podia ter cansado. O fato foi que de repente, ao vagamente perceber que era capaz de estar conseguindo, se assustou. Talvez nem fosse consciente, mas o medo da eternidade o fez implodir tudo.

De qualquer modo, a última coisa que queria era ficar analisando isso e falando em seus problemas.

Um dia até viu no jornal a entrevista de um psicanalista que dizia:

— Conformado com a realidade social, o indivíduo sente-se impotente e ganha a sexualidade como brinquedo. É como se pudesse tudo — mas limitado apenas à liberdade sexual. Nunca se teve uma sociedade tão conformada com tudo, estimulada a investir só na sexualidade. E como o indivíduo não ousa violar esse código sexual, acaba sendo ao mesmo tempo carcereiro e preso.

Mas não achou que essa opinião pudesse ter alguma coisa a ver com ele. Não era algoz e prisioneiro de si mesmo, claro. Pelo contrário, estava era se dispondo a ir fundo na busca de uma liberdade que nunca procurara antes com tanta intensidade. Essa história da diminuição do tesão pela mulher era só um detalhe. Queria era fazer tudo o que tinha vontade. Ser livre. Controlar a própria vida.

Não precisava ficar remoendo. E, na verdade, aquela história de diminuição de tesão não era um problema para ele. Se funcionava com todo mundo, menos com Antônia, evidentemente a culpa era dela. Talvez culpa fosse uma palavra forte demais. A responsabilidade. Ou a causa. Bom, talvez não dela especialmente, mas da situação. Convívio de muitos anos, desgaste, falta de mistério, de estímulo e de provocação. E provocação era o que não faltava a Sheila, a tentação mais repetida que vinha tomando cada vez mais espaço em sua vida.

Sheila o estava deixando louco de tanto provocar. Uma mestra no jogo. Dava e tirava, pedia e negava, mandava e obedecia. De brincadeira, em pequenas implicâncias divertidas no dia-a-dia, mas também pra valer, na cama. E não tinha aquele papo da Antônia, de confiar e deixar correr solto... Não, nada disso. Sheila mostrava que se peocupava com ele, tinha horror a perdê-lo, morria de ciúmes, dava a maior importância. Ficava o tempo todo vigiando, controlando. Um jogo excitante. Ele não podia demorar a ligar, olhar para outra mulher, deixar de estar ao alcance de um telefonema na hora em que ela costumava chamar. Ela se importava, precisava dele. E ameaçava sair com outros homens se ele não andasse na linha... Daniel ficava inteiramente enlouquecido, querendo controlá-la e adorando ser controlado. Pelo menos nessa área da vida, nesse momento em que tudo mais estava dando errado, as coisas não tinham fugido a seu domínio. Eram justamente o que ele queria e precisava. E ele podia se sentir forte, poderoso, dando as cartas e ditando as regras — mesmo se, aparentemente, como parte do jogo, deixasse Sheila pensar que estava mandando em alguma coisa.

Vivera muitos anos ao lado de uma mulher que queria ser igual a ele. Junto a uma pessoa que, só porque fazia um certo sucesso na sua área, vivia cheia de discursos de independência. Era agora um alívio estar ao lado de alguém que se dispunha a fazer tudo o que ele queria, como ele queria, na hora em que queria. Alguém que telefonava para ele o tempo todo, controlava os horários, trazia no cabresto curto e não admitia nenhuma escapadela. Como ele escapava mesmo, as fugidinhas ficavam muito mais excitantes.

Correia, chicote, cabresto, coleira, rédea, algema, sela, nada disso precisava ser real e concreto (mas nada impedia que fosse...) para criar um jogo sexual irresistível que o fazia se sentir vivo, quer na luta para se soltar, quer no esforço para prender. Mexia com alguma coisa vital, primitiva, masculina, de homem que comanda o terreno e manda em casa. Cada vez lembrava mais de como o pai e o avô eram respeitados quando chegavam do trabalho ou davam as ordens para a família. Em criança, ninguém fazia barulho para não atrapalhar a leitura masculina do jornal, ninguém desobedecia. O que o dono da casa dizia era uma ordem. Não tinha essa história de discutir opinião paterna como a Manuela cada vez fazia mais, mancomunada com Antônia para solapar a autoridade dele. Às vezes, eram tantos argumentos que ele acabava protestando, falando um pouco mais alto, e era um deus-nos-acuda. Como se um homem não pudesse gritar em sua própria casa. Não pudesse nada, tivesse que se sentir impotente e ficar calado. Ruminando raiva.

Claro, tinha raiva. Mas também se sentia culpado. Antônia não merecia aquilo, tinha certeza, mas não acontecera porque Daniel tivesse querido. Havia um espaço, uma vontade de se apaixonar, de viver algo que o sacudisse e renovasse. Mas ele sabia que não era um irresponsável, não era um desses caras que se aproveitam de alguém e depois jogam fora, como um bagaço que não serve para mais nada. Nem queria jogar Antônia fora. Gostava dela, tinha carinho, ternura. Queria protegê-la, tomar conta dela o tempo todo, não deixar que nada de ruim lhe acontecesse. Uma força instintiva, biológica, tão intensa quanto o sexo, só que diferente. Muito mais do que isso, admitia nos momentos em que se permitia olhar bem fundo. Sabia que amava Antônia, de uma forma única e total. Nunca amara mais ninguém assim, e achava que não ia amar. Não queria perdê-la. Era um vínculo muito forte. A mulher da sua vida. Para sempre. Mas no momento, não estava dando. Ele precisava da Sheila, estava apaixonado por ela. Antônia sabia, ele não mentia para ela. Se mentisse para alguém, era para Sheila, omitindo, disfarçando, sendo ambíguo, deixando que ela acreditasse no que queria e era importante para que seu jogo continuasse. Porque sem esse jogo ele não estava podendo viver. É preciso tesão. Tesão é tudo na vida. E não dá para ficar morrendo de tesão por uma mulher com a qual o cara está vivendo há vinte anos.

— Vai ver que o tesão desse Teseu acabou... — tinha brincado Daniel numa vez em que Antônia lhe contara a lenda de Teseu e Ariadne, que estava estudando para uma aula.

Continuava achando isso. Tesão de repente acaba e não há o que um sujeito possa fazer. A não ser, claro, sentir que está vivo e procurar outro objeto de desejo — como dizem esses caras metidos a falar difícil. Palavras bonitas não explicam tudo. E de vez em quando precisam ser revistas:

Que não seja imortal, posto que é chama,
Mas que seja infinito enquanto duro.

A paródia ao soneto do poeta foi outra brincadeira. Antônia não gostou. Achou grosseiro. De vez em quando ela ficava assim, toda metida a delicada. Pois que ficasse então com suas palavras e seu Teseu. Ele escolhia o tesão.

8

Minos, rei de Creta, era um tirano cruel, que exercia um controle absoluto sobre várias cidades e regiões, tanto nas ilhas como no continente. Não hesitava em recorrer à força para obter a submissão total de diversas populações aterrorizadas. Todos os anos, os povos submetidos a seu domínio deviam enviar-lhe um tributo de sete virgens e sete rapazes, para serem devorados pelo Minotauro, um monstro metade homem, metade touro, que vivia num labirinto nos porões do palácio real.

Decidido a libertar Atenas dessa barbaridade, o herói Teseu se ofereceu para fazer parte do grupo a ser enviado de Atenas, na esperança de conseguir vencer o monstro. Ao vê-lo desembarcar em Creta, Ariadne — a filha do rei Minos — se apaixonou pelo herói e resolveu ajudá-lo, em troca da promessa de ir depois com ele para Atenas. Teve a idéia de dar a Teseu um novelo de lã, que lhe permitiu entrar no labirinto sem se perder, pois ia desenrolando o fio à medida que avançava e assim sempre podia saber por onde voltar e sair. Graças a esse estratagema, Teseu pôde derrotar o Minotauro e libertar Atenas. Libertou também os prisioneiros que estavam nos porões do palácio e organizou a fuga de todos, quebrando as naus dos cretenses para impedir uma perseguição. Cumprindo sua promessa, Teseu levou também Ariadne. Mas na primeira parada, esperou a moça dormir e a abandonou sozinha na ilha de Naxos, seguindo para Atenas sem ela.

Tinham encomendado a Antônia um artigo sobre a situação do país após a ditadura e o papel dos intelectuais nesse processo. Ela resolveu partir de uma lenda e relembrar a história do rei Minos, que, aliás, já tinha sido revisitada modernamente em um belo romance por um autor grego contemporâneo, disposto a tratar metaforicamente do governo dos coronéis em seu país.

A idéia inicial de Antônia era discutir os porões das ditaduras, a conivência de alguns intelectuais em sua construção e a função que outros tiveram em buscar saídas para eles. Pretendia falar em Dédalo, o arquiteto construtor do labirinto que acabou sendo aprisionado nele, e estabelecer um paralelo com artistas que servem a um tirano como se fosse possível fazê-lo de maneira inocente. Pensava também em contar como depois Dédalo tivera que se superar em novas criações para tentar e conseguir sair da ilha, fugindo pelo ar com a ajuda de uma nova invenção: asas feitas com penas de pássaros presas com cera. Lembraria como

Ícaro, filho de Dédalo, ao esquecer que o vôo era apenas um meio de fuga e tentar se elevar como se fosse mesmo um pássaro, acabara morrendo, por ter despencado lá do alto quando a cera derretera com o sol — outra bela alegoria do deslumbramento de certos artistas com a própria obra.

Mas ao resumir a lenda, Antônia fez uma pausa ao terminar o episódio de Teseu e Ariadne juntos. E mais uma vez, pensou naquela história. A dele continuava em outras aventuras. A da moça também — ia ser encontrada pelo deus Dioniso, que se apaixonaria por ela. Mas o que Antônia confirmava, novamente, era que aqueles heróis gregos eram muito volúveis, prometiam qualquer coisa e não cumpriam. Deixavam as juras para trás e num instante já estavam tocando a vida adiante. Evidentemente, a manutenção da palavra ou os laços de fidelidade não eram valores fundamentais para aquela cultura. E não havia indícios de que costumassem estar associados ao sentimento amoroso. Será que não havia história de amor eterno na Grécia? Talvez só Orfeu e Eurídice, a exceção sempre lembrada, mas um amor interrompido e não duradouro... Nenhum outro?

Tentou lembrar. Para sempre mesmo, construído lentamente a dois, apenas Eros e Psiquê. Apesar de todas as peripécias e complicações — a começar pelo ciúme de Vênus, mãe de Eros. Mas, também, ter

Vênus como sogra era um prospecto assustador para qualquer um. No entanto, apesar disso, ao fim de uma história longuíssima em que tanto um quanto outro são repetidamente postos à prova e devem garantir a verdade de seu amor, a mortal Psiquê é levada pelo divino Eros à presença de Zeus. O deus supremo então a torna imortal e consagra a união do casal, decretando que Eros jamais romperia aqueles laços, e que aquelas núpcias seriam eternas. E assim, Eros e Psiquê, amor eterno, felizes para sempre, tiveram uma filha que se chamou Prazer.

Para sempre, ensinavam os gregos, só Eros e Psiquê. Corpo e alma.

Os modernos dizem diferente, com Manuel Bandeira:

Se queres sentir a felicidade de amar, esquece a
[tua alma.
A alma é que estraga o amor. (...)
As almas são incomunicáveis.
Deixa o teu corpo entender-se com outro corpo.
Porque os corpos se entendem, mas as almas não.

Se é dessa forma, assim que os corpos se desentendem, o amor acaba. Nada a fazer, só resta constatar. Atrelado apenas ao corpo, o amor está condenado a jamais ser eterno, não dá para escapar. Por definição.

Envelhece, fica pesado, se deteriora e se degrada, como todo corpo na decrepitude física da velhice enquanto a morte não vem. A Indesejada das gentes. A Libertadora das gentes.

Sem direito a passar a limpo. Tendo que suportar irremediavelmente as conseqüências das decisões mal tomadas.

O ator italiano Vittorio Gassman costumava dizer que a vida devia ser igual ao teatro — ter um ensaio geral antes da estréia. Assim, a gente teria a oportunidade de uma visão de conjunto, para poder descobrir o que não funcionou direito. Uma chance para voltar atrás, corrigir os equívocos, eliminar as falhas, depurar o espetáculo. Enfim, consertar o que fosse preciso, para não ter que carregar a conseqüência dos erros para sempre.

Mas não é isso que acontece. E o sentido final do espetáculo só é dado pela morte.

Pensamentos lúcidos. Idéias tristes. Mas Antônia não podia se entregar a eles. Mesmo que o amor acabasse — e não estava assim tão certa disso, ainda sentia forte a presença do sentimento que a ligava a Daniel —, a vida continuava. Uma ordem. A vida apenas, sem mistificação. E o artigo tinha que ser escrito, o dinheiro tinha que ser ganho para pagar as contas, a casa tinha que ser administrada, a filha tinha que ser cuidada. E amada, muito amada, com toda a naturalidade de amor possível, esse sim, eterno sem qualquer dúvida.

Como se estivesse atendendo a um chamado que nem fora feito, Manuela entrou no quarto onde a mãe escrevia. Um raio de sol adolescente e de pijama, fazendo tudo em volta brilhar mais e mais bonito.

— Está ocupada, mãe?

— Só um pouquinho. Mas dá para interromper. Aconteceu alguma coisa?

Uma espreguiçada dengosa e sorridente.

— Não... Só queria te contar da festa de ontem.

— Pode contar. Eu tinha mesmo feito uma pausa, não vai me atrapalhar.

Antônia se levantou da cadeira em frente ao teclado e sentou no sofá ao lado da filha.

— Então, a festa foi boa?

— Você nem imagina, mãe...

Algumas palavras genéricas sobre a turma, as amigas, a música ótima, o bufê, a casa linda, o jardim coberto com um enorme toldo transparente. E, de repente, a revelação:

— Conheci um garoto, mãe... Demais...

— Que bom! Como é que ele é?

— Maravilhoso! O nome dele é Bruno. É amigo do Marcinho e do Zeca. E eu nunca tinha visto... Nem dá para acreditar, a gente vivendo na mesma cidade, conhecendo as mesmas pessoas, indo aos mesmos lugares, nunca tinha se encontrado.

— Vai ver, vocês já se cruzaram por aí e nem repararam.

— Não dá pra não reparar nele, mãe. E ele disse a mesma coisa de mim.

— Ah, é? Vocês falaram nisso?

— Puxa, foi demais... Ele não estava muito a fim de dançar, sabe? Acho que ele não gosta de dançar. Então ficou parado num canto, conversando com um pessoal que eu não conhecia, e de repente me viu. Depois, ele contou que na mesma hora pensou assim: "Eu quero ficar com aquela garota..."

"Já vi esse filme", pensou Antônia. "Ouvi essa música, vi essa peça, li esse livro."

Mas não disse nada. Sorriu e continuou ouvindo o eterno retorno da velha história que se repetia mais uma vez.

— Aí ele perguntou quem eu era e pronto. Quando chegou perto, já sabia o meu nome e tudo. Já veio fazendo brincadeira e falando uma porção de coisas. Disse que era um absurdo a gente não se conhecer, e que agora a gente tinha que tirar o atraso. Que assim que me viu sacou que eu era a pessoa que ele andava procurando. E engraçado é que eu também tinha visto o Bruno de longe e achado o máximo.

— E aí? Vocês ficaram?

— Ficamos, claro... Mas não foi assim uma ficadinha boba, não. Foi maaaravilhoso! A gente conversou a noite toda, parecia que se conhecia a vida inteira. Ou desde uma vida passada, como falou a Mariana. Mãe, parecia até que um lia o pensamento do outro...

Como se não bastassem os sorrisos e a espreguiçada lânguida, Manuela suspirou. Em plena era tecnológica! Antônia riu:

— Puxa, você ficou mesmo animada, hein? Será que vocês vão se encontrar de novo?

— Claro, mãe! Daqui a pouco ele vai me telefonar pra gente ir à praia. E depois vamos pegar um cineminha...

— Não vão cansar, hein?

— Mãe, é impossível cansar do Bruno... A gente está namorando, entendeu? Não é só uma ficada em uma festa. Ai, eu estou apaixonada... E sabe de uma coisa? Não ria de mim, mas eu acho que nós dois vamos ficar juntos para sempre...

...Às vezes o amor acaba como se fora melhor nunca ter existido; mas pode acabar com doçura e esperança; uma palavra, muda ou articulada, e acaba o amor; na verdade; no álcool; de manhã, de tarde, de noite; na floração excessiva da primavera; no abuso do verão; na dissonância do outono; no conforto do inverno; em todos os lugares o amor acaba; a qualquer hora o amor

acaba; por qualquer motivo o amor acaba; para recomeçar em todos os lugares e a qualquer minuto o amor acaba.

Antônia abraçou a filha, entre comovida e preocupada com a beleza frágil da inocência. E mentalmente, quase uma prece, feitio de oração, completou a litania amorosa de Paulo Mendes Campos, pedindo a Deus e aos deuses, a Eros e Psiquê, que olhassem por Manuela:

"E para renascer sempre novo, nos filhos e nos netos dos amantes, em todas as gerações, poeta... Amores acabam e recomeçam. Mas Amor é eterno. Para sempre."

Este livro foi composto na tipologia Minion, em corpo 12.5/17,
e impresso em papel pólen bold 90g/m^2
no Sistema Cameron da Divisão Gráfica da Distribuidora Record